# 電車で行こう！

## スペシャル版!!　つばさ事件簿
## ～120円で新幹線に乗れる!?～

豊田 巧・作
裕龍ながれ・絵

集英社みらい文庫

# もくじ

# 第《だい》1話《わ》

## ピンチ！京浜東北線《けいひんとうほくせん》をつかまえろ！

# ひろみちゃん、あらわる

夏《なつ》らしい、ぬけるような、まっ青《さお》な空《そら》が東京駅《とうきょうえき》の上《うえ》に広《ひろ》がっていた。

ファアアアアアアアアアアアアン！

赤《あか》いレンガの駅舎《えきしゃ》からは、新幹線《しんかんせん》の警笛《けいてき》が聞《き》こえてくる。

しばらくすると、白《しろ》い車体《しゃたい》に青《あお》と金《きん》のラインの入《はい》ったＥ《イー》７系新幹線《けいしんかんせん》が、北陸方面《ほくりくほうめん》へ向《む》かって走《はし》りだしていくのが見《み》えた。

やっぱり電車《でんしゃ》ってカッコいいなぁ。

ぼくは高架《こうか》の上《うえ》を見《み》ながら、ふっと小《ちい》さなため息《いき》をもらした。

ぼく、中村翼《なかむらつばさ》。

最近《さいきん》、電車趣味《でんしゃしゅみ》をはじめた小学四年生《しょうがくよねんせい》。

電車《でんしゃ》を大好《だいす》きになったきっかけは、小学生《しょうがくせい》が電車旅行《でんしゃりょこう》するチーム『トレイン・トラベル・チーム』、略《りゃく》して『T3《ティースリー》』の高橋雄太《たかはしゆうた》さんたちに助《たす》けてもらったから。

すこし前《まえ》のことだけど、列車《れっしゃ》に乗《の》りそこなってこまっているぼくに、「だったら新幹線《しんかんせん》で追《お》いつけばいい！」と教《おし》えてくれて、無事《ぶじ》に目的《もくてき》の列車《れっしゃ》に追《お》いつくことができたんだ。

そんなことがあってから、鉄道《てつどう》のことが大好《だいす》きになった。

だから、いつも鉄道《てつどう》のことがいっぱい載《の》っている月刊誌《げっかんし》を読《よ》んだり、インターネットを使《つか》って日本中《にほんじゅう》にどんな電車《でんしゃ》が走《はし》っているのかを調《しら》べたりしていた。

鉄道《てつどう》ファンには、本当《ほんとう》にたくさんのジャンルがある。

電車《でんしゃ》によく乗《の》る鉄道《てつどう》ファンは「乗《の》り鉄《てつ》」、電車《でんしゃ》をカメラで撮《と》る人《ひと》は「撮《と》り鉄《てつ》」、車両《しゃりょう》の音《おと》を録《と》る人《ひと》は「音鉄《おとてつ》」とか言《い》われてるけど、ぼくはまだ「なに鉄《てつ》」か決《き》まっていない。

でも、鉄道《てつどう》が好《す》きになってから、ぼくはよく東京駅《とうきょうえき》へやってくるようになったから、もしかすると……、駅《えき》のことが好《す》きな「駅鉄《えきてつ》」かもしれない。

だって、駅《えき》は一《ひと》つ一《ひと》つがまったく違《ちが》っていて、そんな駅《えき》が日本《にほん》には一万《まん》か所《しょ》くらいある
なんていわれている。

ネットをすこし調《しら》べてみると、
**ホームの向《む》こうにまっ青《さお》な海《うみ》が広《ひろ》がっている駅《えき》。**

**一年間《いちねんかん》で数日《すうじつ》しか降《お》りることのできない駅《えき》。**

**まっくらなトンネルの中《なか》にある駅《えき》。**

**鉄道《てつどう》でしか行《い》くことのできない山《やま》の中《なか》にある秘境駅《ひきょうえき》。**

と、見《み》ているだけでドキドキするような駅《えき》がいっぱいあるんだもん。

ぼくはそんな話《はなし》を聞《き》くと、「あ～すべての駅《えき》を見《み》てみたいなぁ」なんて思《おも》っちゃうんだ。

だけど、ぼくはT3《ティースリー》みたいなチームには入《はい》っていないから、あまり遠《とお》くには行《い》けない。

T3《ティースリー》は新横浜《しんよこはま》にあるんだよなぁ。もうすこし近《ちか》かったらいいのに……。

ぼくの家《いえ》は、東京駅《とうきょうえき》から二駅《ふたえき》の秋葉原《あきはばら》にある。

だから、すこしでも時間《じかん》があればこうやって東京駅《とうきょうえき》へ来《き》て、電車《でんしゃ》を見《み》たり、カメラで撮《と》ったりしているんだ。

「よしっ！　今日《きょう》はＨ《エイチ》５系《けい》・北海道新幹線《ほっかいどうしんかんせん》を見《み》るぞ」

北海道《ほっかいどう》の新函館北斗《しんはこだてほくと》まで走《はし》る新幹線《しんかんせん》は、ズバーと長《なが》いフロントノーズを持《も》つエメラルドグリーンの新幹線《しんかんせん》。

よく新幹線《しんかんせん》『はやぶさ』に使用《しよう》されているこの車両《しゃりょう》は、『Ｅ《イー》５系新幹線《けいしんかんせん》』って言《い》われている。この「Ｅ《イー》」は、ＪＲ東日本《ジェイアールひがしにほん》の「東《ひがし》」を英語《えいご》にしたＥＡＳＴ《イースト》からきてる。

Ｈ《エイチ》５系新幹線《けいしんかんせん》は、そのＪＲ北海道版《ジェイアールほっかいどうばん》ってわけ。「北《きた》」じゃなくて「北海道《ほっかいどう》＝ＨＯＫＫＡＩＤＯ《ほっかいどう》」のＨ《エイチ》だ。

パッと見《み》ると違《ちが》いがよくわからないんだけど、まんなかのラインがピンクの場合《ばあい》はＥ《イー》５系《けい》。ラベンダー（紫《むらさき》）のときは、Ｈ《エイチ》５系新幹線《けいしんかんせん》なんだ。

Ｅ《イー》５系《けい》に比《くら》べてＨ《エイチ》５系《けい》は編成《へんせい》が少《すく》ないから、ぼくにとってＨ《エイチ》５系《けい》はレアキャラ。

今《いま》は夏休《なつやす》みだから、午前中《ごぜんちゅう》から東京駅《とうきょうえき》へ来《き》ていたんだけど、まだ、Ｈ《エイチ》５系《けい》を見《み》れていなかった。

お昼《ひる》になって、一度《いちど》駅《えき》の外《そと》に出《で》てごはんを食《た》べたぼくは、ふたたび丸《まる》の内北口《うちきたぐち》へもどってきた。

「よしっ、リベンジだ！」

ぼくは、拳《こぶし》にした右手《みぎて》を前《まえ》につきだして気合《きあ》いを入《い》れてから、赤《あか》レンガで造《つく》られた駅舎《えきしゃ》内《ない》へ入《はい》っていく。

数年前《すうねんまえ》にリニューアル工事《こうじ》をしたから、東京駅《とうきょうえき》はとってもキレイだ。

ぼくが入《はい》った丸《まる》の内北口《うちきたぐち》は、彫刻《ちょうこく》やガラスが屋根《やね》をグルリととりかこみ、上部《じょうぶ》は丸《まる》いドーム天井《てんじょう》になっていて、まるで教会《きょうかい》みたい。

右壁《みぎかべ》に、六台《だい》くらい並《なら》んでいる自動券売機《じどうけんばいき》に向《む》かう。

きっぷを買《か》うのも、ぼくはもうなれた。

東京駅《とうきょうえき》には、何度《なんど》も遊《あそ》びにきているからね。

自動券売機《じどうけんばいき》の上《うえ》には、大《おお》きな路線図《ろせんず》がかかげられている。

ぼくはそんな路線図《ろせんず》をボンヤリと見《み》あげている女《おんな》の子《こ》をスルッとかわして、一台《だい》の自動券売機《じどうけんばいき》の前《まえ》に立《た》つ。

ぼくが買《か》うきっぷは決《き》まっている。

東京駅《とうきょうえき》へ入《はい》って電車《でんしゃ》を見《み》たりするときには、「入場券《にゅうじょうけん》」を買《か》う。

「入場券《にゅうじょうけん》は……とっ」

タッチパネルとなっている液晶画面《えきしょうがめん》を見《み》つめて、右下《みぎした》にある「乗車券《じょうしゃけん》　普通回数券《ふつうかいすうけん》　入場券《にゅうじょうけん》」と書《か》かれた白《しろ》い部分《ぶぶん》をタッチする。

そこで画面《がめん》がパチンって切《き》りかわるので、次《つぎ》の画面《がめん》で「入場券《にゅうじょうけん》」を押《お》す。

最後《さいご》に人数《にんずう》を聞《き》かれるので、左下《ひだりした》にある「こども一人《ひとり》」を押《お》すんだ。

そこで、「70円《えん》」って表示《ひょうじ》されてから、ぼくはジーンズのポケットに手《て》をつっこんで、緑《みどり》の二《ふた》つ折《お》りさいふを取《と》り出《だ》す。

中《なか》から50円玉《えんだま》一枚《まい》と10円玉《えんだま》二枚《まい》を出《だ》したぼくは、それを自動券売機《じどうけんばいき》のコイン投入口《とうにゅうぐち》へ入《い》れる。

お金《かね》はカラカラと中《なか》へ入《はい》っていき、すぐにカシャンと投入口《とうにゅうぐち》のシャッターが閉《し》まった。

すると、一枚《まい》のきっぷがポトリと取《と》り出《だ》し口《ぐち》に落《お》ちてくる。

幅《はば》5センチくらいのオレンジのきっぷのまんなかには「東京駅《とうきょうえき》」と大《おお》きく書《か》かれ、今日《きょう》の日付《ひづけ》が打《う》たれていた。

それに、入場券《にゅうじょうけん》についての注意書《ちゅういが》きもある。

注意書《ちゅういが》きは二《ふた》つ。一《ひと》つは「旅客車内《りょかくしゃない》に立《た》ち入《い》ることはできません」で、もう一《ひと》つは「発売時刻《はつばいじこく》から2時間以内《じかんいない》1回限《かいかぎ》り有効《ゆうこう》」。

入場券《にゅうじょうけん》は駅《えき》へ入《はい》るためのきっぷだから、これで電車《でんしゃ》には乗《の》れない。

そして、時間制限《じかんせいげん》があって一枚《まい》で2時間《じかん》まで。

もし2時間以上《じかんいじょう》になるときは、出《で》るときに追加料金《ついかりょうきん》をはらわなくちゃいけないんだよ。

さあ、たくさんの電車《でんしゃ》を見《み》るぞ！

ぼくが入場券《にゅうじょうけん》をしっかりにぎって、「よしっ」と気合《きあ》いを入《い》れた瞬間《しゅんかん》だった。

「ちょっと！　教《おし》えてほしいんだけどっ」

後《うし》ろのほうから女《おんな》の子《こ》の大《おお》きな声《こえ》がした。

その声《こえ》はとってもしっかりしていて、「怒《おこ》られている？」って感《かん》じるくらいのトーンだった。だから、気《き》の弱《よわ》いぼくはビクッてしちゃって、急《いそ》いで振《ふ》りかえる。

「なっ、なに？」

まわれ右《みぎ》をすると、目《め》の前《まえ》にはぼくと同《おな》じ歳《とし》くらいの、とってもかわいい女《おんな》の子《こ》が立《た》っていた。

胸《むね》の前《まえ》で腕《うで》を組《く》んでいて、ぼくよりすこし身長《しんちょう》は低《ひく》い。

左右《さゆう》に分《わ》けてツインテールにしている髪《かみ》には、青《あお》い大《おお》きなリボンがついていた。

髪《かみ》の毛《け》はとっても明《あか》るい色《いろ》で、天井《てんじょう》からの光《ひかり》を受《う》けてキラリと輝《かがや》く。

黒《くろ》いT《ティー》シャツの上《うえ》に、小《ちい》さな白《しろ》いボタンの三《みっ》つ並《なら》ぶ赤《あか》いキャミソールを重《かさ》ね着《ぎ》している。

プリーツの入《はい》った白《しろ》いミニスカートからは、黒《くろ》いハイソックスをはいた細《ほそ》くて長《なが》い足《あし》が見《み》えていた。

女《おんな》の子《こ》はちょっと吊《つ》りあがった大《おお》きなひとみで、ぼくをまっすぐに見《み》つめている。

「だから、その……、『入場券《にゅうじょうけん》』の買《か》いかたよっ」

女《おんな》の子《こ》は胸《むね》の上《うえ》に乗《の》っていた髪《かみ》の束《たば》を、右手《みぎて》でパッと後《うし》ろへはらう。

そして、小枝《こえだ》のような細《ほそ》い指《ゆび》で、ぼくの右手《みぎて》ににぎられているきっぷを指《ゆび》さした。

「にゅっ、入場券《にゅうじょうけん》？」

とつぜん、すっごいかわいい女《おんな》の子《こ》に声《こえ》をかけられたから、思《おも》わず緊張《きんちょう》しちゃった。

「そう。駅《えき》へ入《はい》りたいの」

なんだ。

そんなの鉄道《てつどう》ファンなら、誰《だれ》でもできちゃうよねっ！

ぼくは心《こころ》の中《なか》で「ふぅ」と胸《むね》をなでおろして、女《おんな》の子《こ》に向《む》かってほほえんだ。

「入場券《にゅうじょうけん》だね。こんなのかんたんだよ！」

そう言《い》うと、女《おんな》の子《こ》は目《め》を丸《まる》くして、すっと頬《ほお》を赤《あか》くした。

「かっ、かんたんなこと!?」

「教《おし》えて」って聞《き》かれたことを「かんたんだよ」って言《い》ったのは悪《わる》かったかな？

「あ〜えっと……」

あせったぼくも頬《ほお》を赤《あか》くしてオドオドしていると、女《おんな》の子《こ》の口《くち》がツンと刺《さ》さるような声《こえ》で言《い》う。

「じゃ、じゃあ、さっさと教《おし》えてよっ」

ブゥと口《くち》をとがらせたまま、女《おんな》の子《こ》は自動券売機《じどうけんばいき》の前《まえ》に立《た》った。

ぼくは女《おんな》の子《こ》の後《うし》ろから声《こえ》をかける。

「入場券《にゅうじょうけん》、ぼくが買《か》ってあげようか？」

自動券売機《じどうけんばいき》の液晶画面《えきしょうがめん》を見《み》たまま、女《おんな》の子《こ》はブンブンと左右《さゆう》に顔《かお》を振《ふ》る。

「それはいいわ。あなたにできるんだったら、やりかたさえ教《おし》えてもらったら、私《わたし》にだってできるってことでしょ？」

あなたに……って……。ちょっと怒《おこ》らせちゃったかな？

ツンツンとした声《こえ》が返《かえ》ってくるから、ぼくはちょっとこまっちゃった。

「それじゃ……、液晶画面《えきしょうがめん》の右下《みぎした》にある『乗車券《じょうしゃけん》　普通回数券《ふつうかいすうけん》　入場券《にゅうじょうけん》』って書《か》かれた白《しろ》い部分《ぶぶん》をタッチして」

「こっ、ここね！」

さっき自分《じぶん》で入場券《にゅうじょうけん》を買《か》ったときのように、ぼくは女《おんな》の子《こ》に一《ひと》つ一《ひと》つ指示《しじ》する。

そして、最後《さいご》にお金《かね》を入《い》れると、入場券《にゅうじょうけん》が取《と》り出《だ》し口《ぐち》にポトリと落《お》ちてきた。

「やった！　買《か》えたっ！」

ピョンと小《ちい》さく跳《は》ねた女《おんな》の子《こ》は、きっぷをつかんでニコリと笑《わら》う。

女《おんな》の子《こ》はクルンと回《まわ》ると、駅員《えきいん》さんの敬礼《けいれい》みたいに、すっと右手《みぎて》を額《ひたい》にあてる。

「ありがとう。私《わたし》、小倉《おぐら》ひろみ」

うわぁ〜笑顔《えがお》が天使《てんし》〜。

今《いま》まですこしブスッとしていたのに、とつぜんそんなとびっきりの笑顔《えがお》なんて見《み》せるから、ぼくの心臓《しんぞう》は一瞬《いっしゅん》でドキンと高鳴《たかな》った。

ぼくは、あわてて頭《あたま》をさげる。

「ぼっ、ぼくは中村翼《なかむらつばさ》！」

「じゃあ、翼《つばさ》ねっ」

ひろみちゃんはぼくの下《した》の名前《なまえ》を、すぐに呼《よ》びすてで呼《よ》んだ。

まだ仲《なか》よくなっていないのに、いきなりそんなふうに呼《よ》ばれると、普通《ふつう》は「え〜っ」と思《おも》っちゃう。

だけど、ひろみちゃんには「翼《つばさ》っ！」って、呼《よ》んでもらうのが、一番《いちばん》あっているような気《き》がして、ぼくはなぜかまったく気《き》にならなかった。

そのまま二人《ふたり》で自動改札機《じどうかいさつき》へ向《む》かって歩《ある》きだし、さっき買《か》ったばかりの入場券《にゅうじょうけん》を中《なか》へ入《い》れる。

瞬時《しゅんじ》に自動改札機《じどうかいさつき》の中《なか》を通《とお》ったきっぷは、あっというまにチェックを終《お》えてぼくらが歩《ある》くよりも速《はや》く取《と》り出《だ》し口《ぐち》へ出《で》てくる。

きっぷを受《う》け取《と》ったぼくらは、東京駅《とうきょうえき》のコンコースへ出《で》た。

今日《きょう》は日曜日《にちようび》だから、たくさんのお客《きゃく》さんが歩《ある》いている。

きっと、遊《あそ》びに出《で》かけていく人《ひと》や、地方《ちほう》から東京《とうきょう》へ遊《あそ》びにきた人《ひと》たちなんだろうなぁ。

みんな大《おお》きなバッグを抱《かか》えていた。

入場券《にゅうじょうけん》を買《か》ったってことは……、ひろみちゃんも鉄道《てつどう》ファンなのかな？

ぼくは横《よこ》を歩《ある》いていた、ひろみちゃんに声《こえ》をかける。

「ひろみちゃんは、東京駅《とうきょうえき》に電車《でんしゃ》を見《み》にきたの？」

「駅《えき》に電車《でんしゃ》を見《み》にきた〜？」

ひろみちゃんは「はぁ!?」と首《くび》をかしげる。

「そうそう、入場券《にゅうじょうけん》を買《か》っていたからさぁ」

すっと立《た》ち止《ど》まったひろみちゃんは、クルンと振《ふ》りかえってさっき通《とお》った改札《かいさつ》のほうへ手《て》をのばす。

「私《わたし》、そこのホテルに泊《と》まっているの」

マジでっ!?

「えっ!?　東京《とうきょう》ステーションホテル!?」

「どうしたの？　そんなに驚《おどろ》いちゃって」

ひろみちゃんは、きょとんとした顔《かお》でぼくを見《み》つめている。

「そっか～いいなぁ。東京《とうきょう》ステーションホテル」

ぼくが目《め》を☆《ほし》にして言《い》うと、ひろみちゃんは頭《あたま》に「？」を浮《う》かべた。

東京《とうきょう》ステーションホテルは東京駅《とうきょうえき》の中《なか》にある唯一《ゆいいつ》のホテルで、窓《まど》から東京駅《とうきょうえき》のホームなんかも見《み》られる、鉄道《てつどう》ファンあこがれのホテルなんだ！

そんなところにひろみちゃんが泊《と》まっていたから、ぼくはうらやましくなったんだ。

ひろみちゃんは、ふぅと小《ちい》さなため息《いき》をつく。

「別《べつ》にホテルなんて、どこでもたいくつよ」

「……そうなんだ」

「『遠《とお》くにいっちゃいけない』ってパパも言《い》うし、だったら、『駅《えき》の中《なか》でも見《み》てみようかなぁ』って思《おも》って来《き》てみただけよ」

ぼくはちょっとガッカリした。

こんなすっごくかわいい女《おんな》の子《こ》が、もし鉄道《てつどう》ファンだったら、雄太《ゆうた》さんのT3《ティースリー》みたいに「いっしょに旅行《りょこう》へ行《い》けるかなぁ……」なんて、ちょっと、妄想《もうそう》がふくらんでいたからだ。

肩《かた》を落《お》としたぼくは、前《まえ》を見《み》たまま話《はな》す。

「な～んだ、そうだったのかぁ。ぼくは『入場券《にゅうじょうけん》を買《か》う』なんて言《い》うから、てっきりひろみちゃんは、鉄道《てつどう》ファンなのかと思《おも》ってさぁ～」

そこで横《よこ》を向《む》いたら、ひろみちゃんの姿《すがた》はなかった。

えっ!?　いっ、いない。どっ、どこへ消《き》えたの!?

# ひろみちゃんの人助《ひとだす》け

ぼくはキョロキョロと周囲《しゅうい》を見《み》まわす。

すると、ひろみちゃんはコンコースのすこし先《さき》でしゃがみこんでいた。

どうしたんだろう？

トコトコと近《ちか》づいていくと、ひろみちゃんのそばには茶色《ちゃいろ》の着物《きもの》を着《き》たおばあちゃんが、うずくまっているのが見《み》えた。

声《こえ》は聞《き》こえないけど、なにかを話《はな》しているみたいだ。

ぼくも急《いそ》いで二人《ふたり》のそばへと駆《か》けよる。

「大丈夫《だいじょうぶ》ですか？　おばあちゃん」

ひろみちゃんは、よりそうようにして、右手《みぎて》を背中《せなか》にそえて、左手《ひだりて》でおばあちゃんの左《ひだり》手《て》をにぎっていた。

「ありがとうね、おじょうちゃん。ちょっと、よろけちゃってねぇ」

「駅員《えきいん》さんを呼《よ》びましょうか？」

おばあちゃんは首《くび》を横《よこ》に振《ふ》る。

「いえいえ。こんなのはいつものことだから大丈夫《だいじょうぶ》なのよ。本当《ほんとう》に歳《とし》はとりたくないねぇ」

見《み》あげたおばあちゃんの顔色《かおいろ》は、そんなに悪《わる》くなかった。

ほっとしたぼくらは、おばあちゃんが立《た》ちあがるのを手伝《てつだ》う。

「はいはい。二人《ふたり》とも、いそがしいのにごめんねぇ」

「気《き》にしないでください。私《わたし》たちは時間《じかん》がありますから」

ひろみちゃんは、くったくない笑顔《えがお》でこたえる。

「ヨイショっと……、ありがとうね」

ゆっくりと立《た》ちあがるおばあちゃんのまわりには、おみやげ屋《や》さんのロゴが入《はい》った大《おお》きな紙袋《かみぶくろ》がデンデンと二《ふた》つ置《お》かれている。

わりとたくさんあるなぁ。これでバランスをくずしたのかな？

原因《げんいん》は、大量《たいりょう》のおみやげのようだった。

「翼《つばさ》、私《わたし》はおばあちゃんを支《ささ》えるから、その二《ふた》つの紙袋《かみぶくろ》を持《も》ってあげて！　ホームまで荷物《にもつ》を持《も》っていくわよ」

ぼくも、ちょうど同《おな》じことを考《かんが》えていたんだ。右《みぎ》と左《ひだり》に大《おお》きな紙袋《かみぶくろ》を一《ひと》つずつ持《も》つと、

「いやいやいや、そんなの悪《わる》いわぁ〜」

おばあちゃんは、とってももうしわけなさそうな顔《かお》をする。

「いいんですよ、おばあちゃん。ぼくも駅《えき》でこまっている人《ひと》を見《み》すごせないから」

それを聞《き》いたひろみちゃんが、ぼくに聞《き》きかえす。

「ぼく『も』って？」

「ぼくの大好《だいす》きなT3《ティースリー》の雄太《ゆうた》さんが、いつも『駅《えき》でこまっている人《ひと》を見《み》すごせない』って言《い》っているんだ」

ぼくは顔《かお》を赤《あか》くして照《て》れた。

「T3《ティースリー》？　雄太《ゆうた》さん？」

「うん。あとで話《はな》すね」

首《くび》をかしげたひろみちゃんは、コンコースに立《た》ってホームの案内板《あんないばん》を見《み》つめる。

「京浜東北線《けいひんとうほくせん》だから……こっちねっ！」

ビシッと右手《みぎて》で6番線《ばんせん》を指《ゆび》さす。

そして、おばあちゃんの手《て》を引《ひ》きながら歩《ある》きだした。

ぼくもその後《うし》ろからついていく。

やがて、左側《ひだりがわ》に水色《みずいろ》の看板《かんばん》で「6番線《ばんせん》　京浜東北線《けいひんとうほくせん》」、右側《みぎがわ》に黄緑《きみどり》の看板《かんばん》で「5番線《ばんせん》　山手線《やまのてせん》」と表示《ひょうじ》のある階段《かいだん》が見《み》えてきた。

階段《かいだん》をあがり、ホームを見《み》あげると、左《ひだり》の6番線《ばんせん》には「京浜東北線《けいひんとうほくせん》　蒲田《かまた》・磯子《いそご》方面《ほうめん》」、右《みぎ》の5番線《ばんせん》には「山手線《やまのてせん》　品川方面《しながわほうめん》」という案内板《あんないばん》があった。

ヒュユユユユユユユユン……。

すぐに風《かぜ》とともに、銀《ぎん》の車体《しゃたい》に水色《みずいろ》のラインの入《はい》った電車《でんしゃ》が6番線《ばんせん》に入《はい》ってくる。

天井《てんじょう》からかかっている列車案内板《れっしゃあんないばん》のＬＥＤ表示《エルイーディーひょうじ》を見《み》ると、「13時《じ》23分発《ぷんはつ》　磯子行快速《いそごいきかいそく》」って表示《ひょうじ》されていた。

ホームには扉《とびら》ごとにお客《きゃく》さんが集《あつ》まっていて、電車《でんしゃ》が減速《げんそく》しはじめると、ゆっくり列《れつ》がつまっていく。

ぼくらも一番近《いちばんちか》くに停車《ていしゃ》する、３号車《ごうしゃ》の列《れつ》へおばあちゃんと歩《ある》いた。

「ひろみちゃん！　なるべく３号車《ごうしゃ》の端《はし》の扉《とびら》の前《まえ》にしよう」

「えっ、どうして？」

ひろみちゃんがおばあちゃんといっしょに振《ふ》りかえる。

「車両《しゃりょう》の端《はし》には『優先席《ゆうせんせき》』があるからさ」

「あ〜そっか。翼《つばさ》、あったまいい〜」

キイイイイイイイイイイン！

大《おお》きなブレーキ音《おん》をひびかせて、京浜東北線《けいひんとうほくせん》のＥ《イー》２３３系《けい》が停車《ていしゃ》した。

ブシュユと扉《とびら》が開《ひら》く。

降《お》りる人《ひと》がいなくなってから、まず、ひろみちゃんがおばあちゃんを車内《しゃない》に乗《の》せた。

ぼくは紙袋《かみぶくろ》をおばあちゃんの近《ちか》くのフロアに置《お》く。

おばあちゃんは扉《とびら》の横《よこ》の手《て》すりを持《も》って、ホームのぼくらを見《み》た。

「ありがとうねぇ、二人《ふたり》とも。本当《ほんとう》に助《たす》かったわ」

ニコニコしながら、おばあちゃんはとてもていねいに頭《あたま》をさげた。

「そんなのいいんですよっ！　おばあちゃん」

「こんなの大《たい》したことないから」

両手《りょうて》をクルクル回《まわ》しながら、ぼくらは二人《ふたり》で照《て》れた。

《まもなく……電車《でんしゃ》が発車《はっしゃ》しまーす。黄色《きいろ》い線《せん》の内側《うちがわ》におさがりくださーい》

発車《はっしゃ》を知《し》らせる駅員《えきいん》さんの放送《ほうそう》が天井《てんじょう》のスピーカーから聞《き》こえてきたので、ぼくらは扉《とびら》から離《はな》れた。

すぐに扉《とびら》が閉《と》じられ、電車《でんしゃ》は磯子方面《いそごほうめん》へ向《む》けて走《はし》りだす。

ぼくらは右手《みぎて》を振《ふ》り、おばあちゃんは見《み》えなくなるまで、何度《なんど》も頭《あたま》をさげていた。

走《はし》りさる電車《でんしゃ》がまきおこした風《かぜ》で、ひろみちゃんのツインテールの長《なが》い髪《かみ》が舞《ま》う。

「いいことすると気持《きも》ちいいね」

「うん、そうだねっ！」

ぼくも雄太《ゆうた》さんみたいに、駅《えき》でこまっている人《ひと》を助《たす》けられたのは、ちょっとうれしかった。

そのとき、あばれる髪《かみ》をおさえながら、ひろみちゃんがポツリと言《い》った。

「田端《たばた》だったらすぐ着《つ》くよね」

なっ、なんだって!?

ぼくの全身《ぜんしん》からドッと冷《ひ》や汗《あせ》がふきだす。

「たっ、田端《たばた》!?　おばあちゃん、もしかして田端《たばた》へ行《い》きたかったの!?」

けれど、ひろみちゃんはことの重大《じゅうだい》さにまったく気《き》がついていない。

「そうよ。だから『京浜東北線《けいひんとうほくせん》に乗《の》りたい』って……」

「え――――っ!?」

「どうしたのよ、翼《つばさ》?」

ひろみちゃんは「なに?」って顔《かお》で、ぼくを見《み》つめた。

おばあちゃんを乗《の》せた電車《でんしゃ》の赤《あか》いテールランプが遠《とお》ざかる。ぼくの心臓《しんぞう》のドキドキは速《はや》くなっていく。

まっ、間違《まちが》えちゃったよ――――!!

そうなのだ。ぼくらはおばあちゃんを乗《の》せる電車《でんしゃ》を間違《まちが》えてしまったのだ。

「どっ、どうしよう――――!!」
両手《りょうて》で頭《あたま》をかかえたぼくの叫《さけ》び声《ごえ》は、ホームにゴワーンとひびいた。

「なっ、なに叫《さけ》んでんのよ翼《つばさ》っ？　せっかく重《おも》い荷物《にもつ》で大変《たいへん》な思《おも》いをしていたおばあちゃんを助《たす》けたっていうのにっ」

腕《うで》を組《く》んだひろみちゃんは、口《くち》をとがらせて顔《かお》をプイと横《よこ》に向《む》けた。

ぼくは、ガシッとひろみちゃんの肩《かた》を両手《りょうて》でつかむ。

「間違《まちが》えたんだよ～!!」

「まっ、間違《まちが》えた!?」

とまどうひろみちゃんに、ぼくは看板《かんばん》を指《さ》して説明《せつめい》する。

「確《たし》かにここは『京浜東北線《けいひんとうほくせん》』のホームなんだけど。6番線《ばんせん》は『南行《なんこう》』で、横浜方面《よこはまほうめん》へ向《む》かう電車《でんしゃ》の乗《の》り場《ば》なんだ！」

「えっ!?　京浜東北線《けいひんとうほくせん》って一《ひと》つじゃないの!?」

ぼくはビュンビュンと首《くび》を横《よこ》に振《ふ》った。

「かんたんに言《い》うと、東京駅《とうきょうえき》は京浜東北線《けいひんとうほくせん》のだいたいまんなかにあるんだ」

「まんなか？」

「だから、東京《とうきょう》から大宮《おおみや》・赤羽方面《あかばねほうめん》は『北行《ほっこう》』、横浜《よこはま》・磯子方面《いそごほうめん》は『南行《なんこう》』っていって、まったく反対方面《はんたいほうめん》なんだよ」

やっと状況《じょうきょう》に気《き》がつきはじめたひろみちゃんは、口《くち》に右手《みぎて》をあてる。

「もっ、もかして……『田端《たばた》』は？」

ひろみちゃんは走《はし》りさっていった電車《でんしゃ》のほうを指《ゆび》さす。

ぼくは反対《はんたい》の大宮《おおみや》・赤羽方面《あかばねほうめん》を指《ゆび》さす。

「『田端《たばた》』は東京《とうきょう》からは『北行《ほっこう》』で、八《やっ》つ目《め》の駅《えき》なんだってば！」

「えっ、えぇ〜〜〜!?」

声《こえ》が裏《うら》がえりそうなくらい思《おも》いきり驚《おどろ》いたひろみちゃんの顔《かお》が、すぐにまっ青《さお》になって額《ひたい》にはドッと汗《あせ》が浮《う》いた。

「だっ、だったら、私《わたし》たちはおばあちゃんを、反対行《はんたいいき》の電車《でんしゃ》に乗《の》せたってこと〜!?」

「だから、そう言《い》ったじゃん」

ショックを受《う》けたひろみちゃんは、よろけるように上半身《じょうはんしん》を後《うし》ろへそらす。

そして、瞳《ひとみ》をまん丸《まる》に大《おお》きくして、息《いき》をたくさん吸《す》いこんだ。

「どっ、どうしようー――!!」

両手《りょうて》を胸《むね》の前《まえ》にかかえたひろみちゃんの叫《さけ》び声《ごえ》は、ふたたびホームにゴワーンとひびく。

「どっ、どうしよう、翼《つばさ》!?」

こんな時《とき》にどうすればいいかなんて、さっぱりわからない。

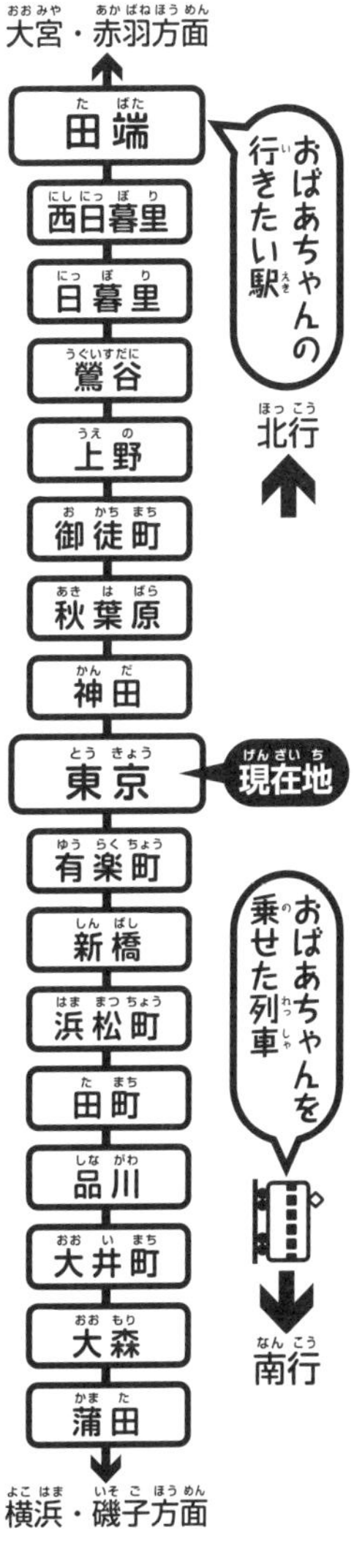

「どうしよう……って言《い》われてもなぁ」

こまったぼくは、右手《みぎて》で頭《あたま》の後《うし》ろをポリポリかく。

ひろみちゃんは必死《ひっし》の顔《かお》で、目《め》はうっすらうるんでいた。

「ねえ、翼《つばさ》！　おばあちゃんが自分《じぶん》が反対側《はんたいがわ》の電車《でんしゃ》に乗《の》ったことに、気《き》がつかなかったらどうなっちゃうの!?」

ひろみちゃんは僕《ぼく》の肩《かた》をぐっとつかむ。

ぼくは横浜方面《よこはまほうめん》を見《み》つめて、すこし考《かんが》えた。

あの様子《ようす》だと、「次《つぎ》は田端《たばた》～♪」って車掌《しゃしょう》さんのアナウンスがあるまで、じっとシートに座《すわ》っていそうだよなぁ。

「もしかすると……」

「もしかすると!?」

ぼくをつかんでいる両手《りょうて》に力《ちから》を入《い》れて、ひろみちゃんはすがるような目《め》を見《み》せた。

「川崎《かわさき》、横浜《よこはま》……、いや、終点《しゅうてん》の磯子《いそご》まで行《い》っちゃうかもしれない……」

「ええ!?」

「ぼくらが『この電車《でんしゃ》ですよ』って、しっかり案内《あんない》しちゃったから、おばあちゃんは『反《はん》対側《たいがわ》の電車《でんしゃ》に乗《の》った』って気《き》づきにくいと思《おも》うんだ」

それを聞《き》いたひろみちゃんの目《め》に、じわっと涙《なみだ》が浮《う》かんで広《ひろ》がる。

そして、去《さ》っていった電車《でんしゃ》に向《む》かって、両手《りょうて》を口《くち》もとにそえた。

「ごめんなさ――い!!　おばあちゃ――ん!!」

泣《な》きながら、ひろみちゃんは大《おお》きな声《こえ》であやまった。

ホームには「ちゃ～ん」「ちゃ～ん」と声《こえ》がこだまする。

だけど、どんなに大《おお》きな声《こえ》を出《だ》しても、電車《でんしゃ》の中《なか》のおばあちゃんに届《とど》くことはない。

さびしそうなひろみちゃんの背中《せなか》を、風《かぜ》を受《う》けたツインテールがパタパタとたたく。

ぼくはそんなひろみちゃんを、ちょっとかわいそうに思《おも》った。

だって、ひろみちゃんは親切心《しんせつしん》でおばあちゃんを手伝《てつだ》ったのに……。

それが反対《はんたい》に、大《おお》きな迷惑《めいわく》をかけることになったのだから。

その時《とき》、ぼくの頭《あたま》にフッと浮《う》かぶものがあった。

T3《ティースリー》の雄太《ゆうた》さんだったら、こんなときどうするだろう？

きっと、ぼんやりなんてしていないはずだ。

「なにかできることはないか!?」と考《かんが》えるはずだ！

だから、ぼくも腕《うで》を組《く》んで必死《ひっし》に考《かんが》えた。

こういうときは、おばあちゃんに連絡《れんらく》して「反対側《はんたいがわ》の電車《でんしゃ》に間違《まちが》えて案内《あんない》しちゃいました」ってあやまるのが一番《いちばん》いいはずだ。

だけど、ぼくらはおばあちゃんのケータイ番号《ばんごう》を知《し》らない。

つまり、連絡《れんらく》をとることはできないのだ。

だったら、直接《ちょくせつ》おばあちゃんに会《あ》ってあやまるしかない。

それには、さっきの電車《でんしゃ》に追《お》いつかなくちゃいけない……。

ぼくは、上野《うえの》で初《はじ》めてT3《ティースリー》のみんなと会《あ》ったときのことを思《おも》い出《だ》していた。乗《の》りおくれた寝台列車《しんだいれっしゃ》に、新幹線《しんかんせん》で追《お》いついたときのことを。

あのときと今《いま》の状況《じょうきょう》はすこし似《に》ている。

だけど、京浜東北線《けいひんとうほくせん》には、その手《て》が使《つか》えない。一部《いちぶ》、東海道新幹線《とうかいどうしんかんせん》とエリアはかぶっているけど、ずっと並走《へいそう》してるわけじゃないから、おばあちゃんの乗《の》った電車《でんしゃ》に追《お》いつくことは難《むずか》しい。

そんなことを思《おも》いながら、目《め》の前《まえ》に広《ひろ》がるいろんな番線《ばんせん》のホームを見《み》つめるぼくの目《め》に、一《ひと》つの電車《でんしゃ》が飛《と》びこんできた。

もしかしたら！

あれなら追《お》いつけるかもしれないぞ!!

ぼくの頭《あたま》に一《ひと》つのアイデアが浮《う》かんだ。

## おばあちゃんを追《お》いかけて……

「あぁ～私《わたし》、おばあちゃんに、ひどいことしちゃったぁ」

泣《な》いているひろみちゃんの右手《みぎて》を、ぼくはパシッとつかんだ。

「ひろみちゃん！　おばあちゃんを助《たす》けにいこう！」

「えっ？　どうやって!?」

「いいから、早《はや》く！」

説明《せつめい》している時間《じかん》なんてない。

不安《ふあん》そうな顔《かお》のひろみちゃんに、ぼくは真剣《しんけん》な顔《かお》で言《い》った。

「あとで、説明《せつめい》するから、今《いま》はぼくを信《しん》じて！」

すると、ひろみちゃんも真剣《しんけん》な顔《かお》をしてうなずく。

「うん」

ぼくらはホームを走《はし》りだした。

おばあちゃんといっしょにのぼってきた階段《かいだん》へ飛《と》びこんで一気《いっき》に駆《か》けおり、地下《ちか》コンコースへ出《で》たら右《みぎ》へ曲《ま》がる。

そして、数十《すうじゅう》メートル走《はし》って、オレンジ色《いろ》の看板《かんばん》にはさまれた階段《かいだん》を一気《いっき》に駆《か》けあがった。

「とっ、東海道《とうかいどう》……はぁ……線《せん》？」

胸《むね》に手《て》をおいたひろみちゃんは、呼吸《こきゅう》を整《ととの》えながら、ホームにある看板《かんばん》を見《み》あげる。

右側《みぎがわ》は「９番線《ばんせん》」、左側《ひだりがわ》は「10番線《ばんせん》」とあって、両方《りょうほう》とも「東海道線《とうかいどうせん》　品川《しながわ》・横浜《よこはま》・小《お》田原方面《だわらほうめん》」と書《か》いてあった。

「そう、ここは東海道本線《とうかいどうほんせん》のホームなんだ。９番線《ばんせん》と10番線《ばんせん》からは、横浜《よこはま》・熱海方面《あたみほうめん》へ向《む》かう電車《でんしゃ》が出《で》るんだ」

「そ……はぁ……それはわかったけど、おばあちゃんの乗《の》った電車《でんしゃ》は……はぁ、もう何分《なんぷん》も前《まえ》に東京駅《とうきょうえき》を出《で》ちゃったのよ？」

「でも、乗《の》ったのは京浜東北線《けいひんとうほくせん》だからねっ」

ぼくはパチリと右目《みぎめ》だけをつむった。

「京浜東北線《けいひんとうほくせん》だったらどうなの？」

そのとき10番線《ばんせん》に、銀《ぎん》の車体《しゃたい》にオレンジと緑《みどり》のラインの電車《でんしゃ》が入《はい》ってきた。

正面《しょうめん》の行先表示《いきさきひょうじ》は、「普通《ふつう》　小田原行《おだわらいき》」。

東海道本線《とうかいどうほんせん》の使用車両《しようしゃりょう》は、京浜東北線《けいひんとうほくせん》と同《おな》じＥ《イー》２３３系《けい》だ。

どちらも車両性能《しゃりょうせいのう》はほぼ同《おな》じだから、東海道線《とうかいどうせん》のほうが速《はや》く走《はし》れる、ってことはない。東京駅《とうきょうえき》の入場券《にゅうじょうけん》で電車《でんしゃ》には乗《の》っちゃいけないんだけど、今《いま》は緊急事態《きんきゅうじたい》だから、あとで駅《えき》員《いん》さんに事情《じじょう》を説明《せつめい》して東京駅《とうきょうえき》からの運賃《うんちん》を払《はら》うことにする。

すぐに扉《とびら》が開《ひら》いたので、ひろみちゃんといっしょに電車《でんしゃ》へと乗《の》りこむ。

1両《りょう》には四《よっ》つの扉《とびら》があって、進行方向《しんこうほうこう》に対《たい》して横向《よこむ》きに座《すわ》る青《あお》い生地《きじ》のロングシートが車体《しゃたい》の壁《かべ》にそって並《なら》んでいた。

ロングシートの両脇《りょうわき》には、プラスチック製《せい》の白《しろ》い大《おお》きな化粧板《けしょういた》がついている。

13時《じ》27分《ふん》、扉《とびら》がプシュユと閉《し》まり、電車《でんしゃ》は東京駅《とうきょうえき》を離《はな》れた。

落《お》ち着《つ》かないぼくらは、扉《とびら》の前《まえ》に立《た》ったままだ。

車窓《しゃそう》からは東京駅《とうきょうえき》のまわりに林立《りんりつ》する、高《たか》いビルが見《み》えていた。

やがて、ひろみちゃんが落《お》ち着《つ》いたのを確認《かくにん》したぼくは、なにをしようとしているか説《せつ》明《めい》することにした。

「京浜東北線《けいひんとうほくせん》は停車駅《ていしゃえき》が多《おお》いんだ」

「停車駅《ていしゃえき》が多《おお》い？」

そう言《い》われても、ひろみちゃんはピンとこないみたい。

「おばあちゃんの乗《の》った『京浜東北線《けいひんとうほくせん》』と、ぼくらの今乗《いまの》りこんだ『東海道線《とうかいどうせん》』の路線《ろせん》はだいたい並行《へいこう》して走《はし》っているんだけど……」

ぼくは両手《りょうて》を並《なら》べて見《み》せる。

「東海道線《とうかいどうせん》のほうが、京浜東北線《けいひんとうほくせん》より駅《えき》が少《すく》ないんだ」

「そうなの？」

ぼくはコクリとうなずく。

「たとえば、東京《とうきょう》から品川《しながわ》までは、京浜東北線《けいひんとうほくせん》だと『五駅《えき》』もあるけど、東海道線《とうかいどうせん》の場合《ばあい》だったら、たった『二駅《ふたえき》』なんだよ」

「えー――っ!?　同《おな》じような場所《ばしょ》を走《はし》るのに、駅《えき》の数《かず》ってそんな違《ちが》うの～!?」

「そうなんだ。一駅《ひとえき》の停車《ていしゃ》時間《じかん》は30秒《びょう》くらいだとしても、少《すこ》しずつ差《さ》が大《おお》きくなってくるし、電車《でんしゃ》が駅《えき》に停車《ていしゃ》するために減速《げんそく》したり、駅《えき》から加速《かそく》して飛《と》びだすのだって時間《じかん》がかかるんだよ」

「つまり、品川《しながわ》に着《つ》くのは、京浜東北線《けいひんとうほくせん》より東海道線《とうかいどうせん》のほうが早《はや》いってこと？」

「そのとおり！」

そこでひろみちゃんは、ぼくのねらいに気《き》がついた。

「そうか！　東海道線《とうかいどうせん》の電車《でんしゃ》に乗《の》っていれば、京浜東北線《けいひんとうほくせん》に乗《の》ったおばあちゃんに、どこかで追《お》いつく可能性《かのうせい》があるってことね！」

「正解《せいかい》！」

ぼくは右《みぎ》の人《ひと》さし指《ゆび》を出《だ》して、ニコリと笑《わら》った。

「どっ、どこで追《お》いつくの!?」

「ちょっと待《ま》ってね」

ぼくはケータイを取《と》りだして乗《の》りかえアプリで検索《けんさく》。おばあちゃんの乗《の》った電車《でんしゃ》に、ぼくらの電車《でんしゃ》が追《お》いつくかどうかを調《しら》べる。

こんなのは割合《わりあい》かんたん。

それぞれの電車《でんしゃ》が、どの駅《えき》に何時何分《なんじなんぷん》に着《つ》くかは、ネットの時刻表《じこくひょう》を見《み》ればわかるから、その時刻《じこく》が逆転《ぎゃくてん》する場所《ばしょ》を割《わ》りだすだけだ。

その間《あいだ》、ひろみちゃんは胸《むね》の前《まえ》で両手《りょうて》を合《あ》わせて、ぼくを祈《いの》るように見《み》つめる。

よし、ここだ！

ぼくはケータイの画面《がめん》から目《め》を離《はな》して、ニコリと笑《わら》う。

「川崎《かわさき》で追《お》いつくよ！」

その瞬間《しゅんかん》、ひろみちゃんの顔《かお》はパッと明《あか》るくなった。

「本当《ほんとう》に!?」

「おばあちゃんの乗《の》った電車《でんしゃ》は、浜松町《はままつちょう》、田町《たまち》、品川《しながわ》、大井町《おおいまち》、大森《おおもり》、蒲田《かまた》と六個《ろっこ》も停車《ていしゃ》してから、川崎《かわさき》に13時《じ》45分《ふん》に到着《とうちゃく》する。ぼくらの乗《の》っている電車《でんしゃ》が停車《ていしゃ》するのは、新橋《しんばし》、品川《しながわ》の二《ふた》つ。川崎《かわさき》には13時《じ》43分《ぷん》に到着《とうちゃく》するんだ！」

ひろみちゃんはキラッと笑《わら》って、ケータイを持《も》っていたぼくの手《て》を両手《りょうて》でパチンとつかんだ。

「すごいね、翼《つばさ》！」

いきなり手《て》をにぎられて見《み》つめられて、ぼくは緊張《きんちょう》する。

「そっ、そっかな……」

「すごい！　すごいよっ！　こんなすごい技《わざ》を使《つか》えるなんて！」

「技《わざ》？」

ひろみちゃんはうなずく。

「だって『もう無理《むり》』って思《おも》っていた電車《でんしゃ》に、こうやって追《お》いつくことができるなんて！」

ぼくは照《て》れながらひろみちゃんの顔《かお》を見《み》た。

「あっはは……、まぁ、ぼくは鉄道《てつどう》ファンだからね」

**●おばあちゃんの乗《の》った京浜東北線《けいひんとうほくせん》**

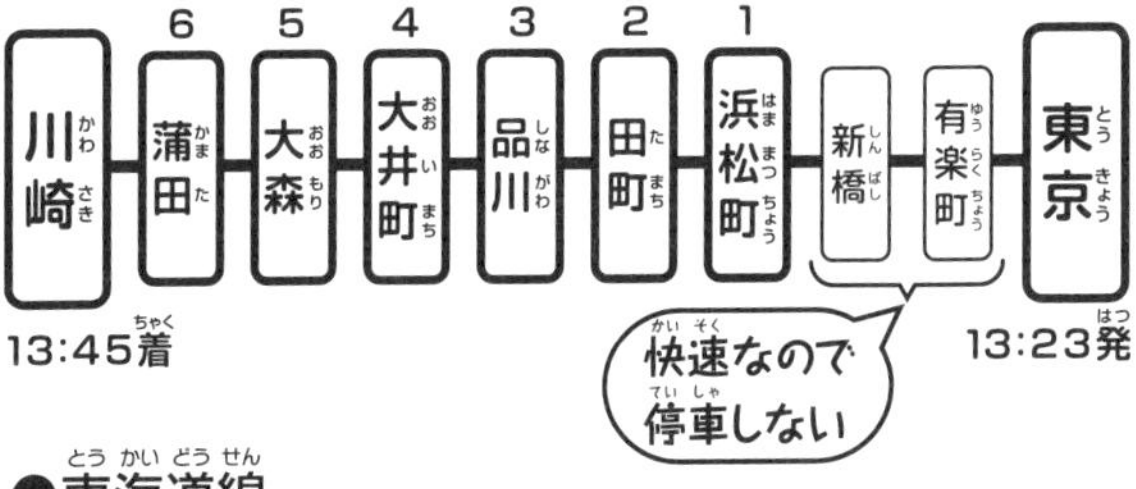


**●東海道線《とうかいどうせん》**

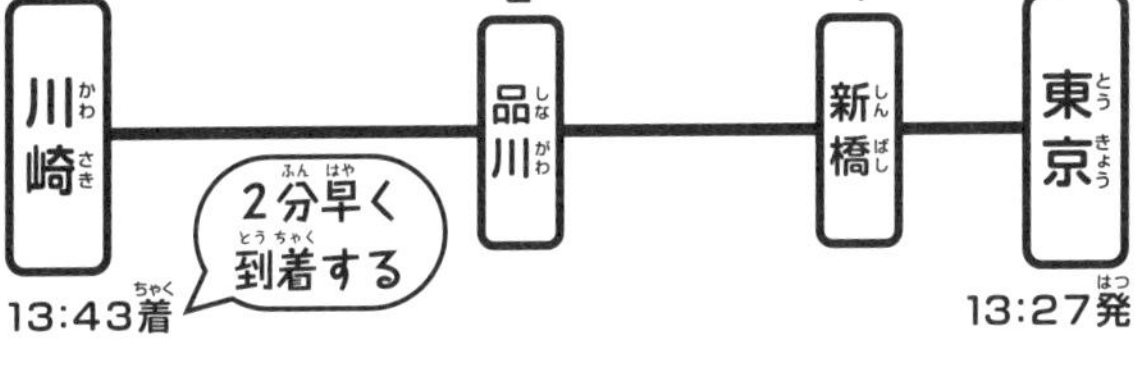

「鉄道《てつどう》ファン?」

ぼくは、大《おお》きく胸《むね》を張《は》った。

「うん! ぼくは鉄道《てつどう》が大好《だいす》きなんだっ!」

ぼくの手《て》から両手《りょうて》を離《はな》したひろみちゃんは、パチンと胸《むね》の前《まえ》で両手《りょうて》を合《あ》わせた。

「そっか! 鉄道《てつどう》が好《す》きだから、こんなすごい技《わざ》が使《つか》えたのね!」

「まっ……まぁね」

こんなことは鉄道好《てつどうず》きな人《ひと》だったら誰《だれ》でもできそうだから、そんなに「すごい、すごい」って言《い》われちゃうと、ちょっと恥《は》ずかしかった。

川崎《かわさき》で追《お》いつくことがわかったぼくらは、やっと車窓《しゃそう》を見《み》る余裕《よゆう》ができた。

東海道線《とうかいどうせん》は、たくさんの高《たか》いビルの間《あいだ》をぬけるように走《はし》る。

東京《とうきょう》から品川《しながわ》くらいまでは、京浜東北線《けいひんとうほくせん》や山手線《やまのてせん》など、並走《へいそう》するたくさんのレールが目《め》

の前《まえ》に広《ひろ》がっている。

その中《なか》でも、一番速《いちばんはや》いのは左《ひだり》を走《はし》る新幹線《しんかんせん》。

ぼくらの電車《でんしゃ》は白《しろ》い車体《しゃたい》にブルーのラインの入《はい》った新幹線《しんかんせん》に何度《なんど》もぬかれた。

浜松町《はままつちょう》をすぎると、東京《とうきょう》モノレールが一瞬並走《いっしゅんへいそう》する。水色《みずいろ》の柱《はしら》で支《ささ》えられた高架線《こうかせん》の上《うえ》を、またがるように走《はし》る白《しろ》い車両《しゃりょう》が見《み》えた。

そこから川崎《かわさき》までは、ノンストップ。

ガガンガガン！　ガガンガガン！　ガガンガガン！　ガガンガガン……。

出発《しゅっぱつ》してから15分《ふん》くらいで、鉄橋《てっきょう》のかかった大《おお》きな川《かわ》をわたる。

多摩川《たまがわ》だ。

川《かわ》には大《おお》きな河川敷《かせんじき》が広《ひろ》がっていて、そこには野球場《やきゅうじょう》やグラウンドがある。

日曜日《にちようび》ということもあって、たくさんの人《ひと》がスポーツをしているのが見《み》えた。

「多摩川《たまがわ》を越《こ》えたら、すぐに川崎《かわさき》だよ」

ぼくが声《こえ》をかけると、ひろみちゃんの表情《ひょうじょう》がすっと変《か》わる。

「次《つぎ》の駅《えき》で降《お》りて、おばあちゃんの電車《でんしゃ》に乗《の》りかえるのね？」

「そんなに緊張《きんちょう》しなくていいよ。乗《の》りかえには2分間《ふんかん》あるから」

「うん、ありがとう、翼《つばさ》！」

ぼくらの乗《の》った電車《でんしゃ》は、川崎駅《かわさきえき》1番線《ばんせん》に、13時《じ》43分《ぷん》に到着《とうちゃく》した。

ドアが開《ひら》くと、ぼくらは一番近《いちばんちか》くの上《のぼ》り階段《かいだん》へと入《はい》る。

川崎駅《かわさきえき》は改札口《かいさつぐち》が二階部分《かいぶぶん》にある橋上駅《きょうじょうえき》だ。階段《かいだん》を上《のぼ》って広《ひろ》いコンコースをぬけてから、3番線《ばんせん》へとおりる。

階段《かいだん》をおりながら、ひろみちゃんはすこし心配《しんぱい》そうな顔《かお》をしていた。

「おばあちゃん、途中《とちゅう》で降《お》りていないかな？」

そこはぼくもすこし心配《しんぱい》だった。けれど……

「絶対《ぜったい》とは言《い》えないけど、東京《とうきょう》から田端《たばた》は八《やっ》つ目《め》の駅《えき》なんだ。川崎《かわさき》は快速《かいそく》で七《なな》つ目《め》だから、間違《まちが》いには気《き》づきにくいと思《おも》うんだけど」

ぼくらは階段《かいだん》をおりてホームを歩《ある》きだす。

おばあちゃんの乗《の》っている3号車《ごうしゃ》まで行《い》くためだ。

「そうよねっ、きっと、まだあの優先席《ゆうせんせき》に座《すわ》っているわよねっ」

ひろみちゃんは祈《いの》るようにして言《い》った。

ぼくらが「3号車《ごうしゃ》　乗車口《じょうしゃぐち》」と書《か》かれた場所《ばしょ》までやってきたときだった。

フワァアアアアアアアアアアアン！

東京駅《とうきょうえき》で見送《みおく》った、あのE《イー》233系《けい》がやってきた。

ぼくらは東海道本線《とうかいどうほんせん》に乗《の》って、京浜東北線《けいひんとうほくせん》の電車《でんしゃ》を追《お》いこすことに成功《せいこう》したんだ。

ただ、この電車《でんしゃ》の中《なか》にまだおばあちゃんが乗《の》っているのかどうかはわからない。

必死《ひっし》な顔《かお》で過《す》ぎさる車両《しゃりょう》を見《み》つめるひろみちゃんの横《よこ》で、ぼくも「おばあちゃん、まだ乗《の》ってて！」と、目《め》を閉《と》じて必死《ひっし》にねがった。
プシュユユウ……。
電車《でんしゃ》が停車《ていしゃ》して、ゆっくりと扉《とびら》が開《ひら》き、どっと人《ひと》がホームへ降《お》りてくる。
ぼくは人《ひと》がいなくなった瞬間《しゅんかん》に目《め》を開《ひら》いて、３号車《ごうしゃ》の優先席《ゆうせんせき》を見《み》た。
すると、誰《だれ》かが優先席《ゆうせんせき》にちょこんと座《すわ》っていた。
その前《まえ》には、大《おお》きなおみやげの紙袋《かみぶくろ》が二《ふた》つ。
間違《まちが》いない！　あの時《とき》のおばあちゃんだっ！
ひろみちゃんは空《そら》を飛《と》ぶように、大《おお》きなジャンプで車内《しゃない》へ飛《と》びこんだ。

「おばあちゃん！」

もちろん、見送《みおく》ったぼくらがふたたび現《あらわ》れて、おばあちゃんはびっくり。
「あらあら、東京駅《とうきょうえき》の親切《しんせつ》なおじょうさんとおぼっちゃん。見送《みおく》ってもらったのに、どうしてここに？」

乗《の》り間違《まちが》えたことに気《き》づいてなかったおばあちゃんは首《くび》をかしげる。

ひろみちゃんは、おばあちゃんに抱《だ》きついてあやまった。

「ごめんなさ〜い！　おばあちゃん。私《わたし》、間違《まちが》った電車《でんしゃ》に乗《の》せちゃったのぉお〜」

ふたたび会《あ》えたことでほっとした、ひろみちゃんの目《め》からは、涙《なみだ》がポロポロと流《なが》れだす。

「おや、そうなのかい？　私《わたし》こそまったく気《き》がつかなかったわ」

おばあちゃんはニコニコ笑《わら》いながら、胸《むね》にあったひろみちゃんの頭《あたま》をなでた。

「これも京浜東北線《けいひんとうほくせん》なんですけど、『北行《ほっこう》』と『南行《なんこう》』を間違《まちが》えちゃって……。田端《たばた》は反《はん》対方向《たいほうこう》だったんです。ごめんなさい」

ぼくはかんたんに説明《せつめい》してから、ペコリと頭《あたま》をさげて謝《あやま》る。

すべてのことがのみこめたおばあちゃんは、ちょっと驚《おどろ》いた。

「まぁまぁ、そんなことで、わざわざ私《わたし》を追《お》いかけてきてくれたの？　本当《ほんとう》にやさしいおじょうさんとおぼっちゃんだね〜。ありがとう……ありがとうね」

おばあちゃんはびっくりしてから、やさしくほほえんだ。

「そんなことないんで〜す。私《わたし》がぜ〜んぶ悪《わる》いんです〜」

おばあちゃんの声《こえ》を聞《き》いて、ひろみちゃんは、また泣《な》きだしてしまった。

京浜東北線《けいひんとうほくせん》の車窓《しゃそう》からは、川崎《かわさき》の高《たか》いビルが見《み》えている。

その合間《あいま》から、気持《きも》ちよく晴《は》れた青空《あおぞら》がのぞいていた。

# 第《だい》2話《わ》

## \必殺技《ひっさつわざ》!/ 70円《えん》で行《い》く関東一周《かんとういっしゅう》の旅《たび》!!

## ひろみちゃんのお礼《れい》

おばあちゃんを間違《まちが》った電車《でんしゃ》に乗《の》せてしまったことがきっかけで、ぼくとひろみちゃんとは友《とも》だちになった。

あのあと、京浜東北線《けいひんとうほくせん》で鶴見《つるみ》まで乗《の》ったぼくらは、そこから引《ひ》きかえして東京《とうきょう》へともどり田端《たばた》まで送《おく》っていった。

ちなみに、ぼくらは入場券《にゅうじょうけん》で入《はい》ったから、東京《とうきょう》から鶴見《つるみ》までの１９０円《えん》、鶴見《つるみ》から田端《たばた》まで２３０円《えん》の小人運賃《こどもうんちん》は別《べつ》に払《はら》ったんだよ。

田端《たばた》までおばあちゃんを見送《みおく》ったぼくとひろみちゃんは、帰《かえ》りがけにケータイメールアドレスの交換《こうかん》をした。

これで、いつでも連絡《れんらく》がとれるようになったんだ。

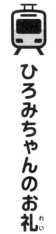

出会《であ》ったとき、「東京《とうきょう》ステーションホテルに泊《と》まっている」って言《い》ってたから、ひろみちゃんは「遠《とお》くに住《す》んでいるのかな？」って思《おも》ってたけど違《ちが》っていた。

東京《とうきょう》メトロ有楽町線《ゆうらくちょうせん》の豊洲駅《とよすえき》の前《まえ》にある、タワーマンションに住《す》んでいる。

ひろみちゃんのお父《とう》さんはホテル関係《かんけい》の仕事《しごと》をしているらしくって、デザインやサービスを見《み》るために、近《ちか》くでもホテルに泊《と》まりにいくんだって。

そんなひろみちゃんから、ぼくのケータイに、「明日《あした》の日曜日《にちようび》、東京駅《とうきょうえき》で会《あ》えない？」って、メールが送《おく》られてきた。

ぼくは特《とく》に予定《よてい》もなかったので、二《ふた》つ返事《へんじ》で「いいよ〜」と返《かえ》した。

そして、今日《きょう》は約束《やくそく》の日曜日《にちようび》。

まちあわせ場所《ばしょ》は、ひろみちゃんと出会《であ》った東京駅丸《とうきょうえきまる》の内北口《うちきたぐち》。

ちょっと、日差《ひざ》しがゆるくなってきたかな？

ひろみちゃんと最初《さいしょ》に会《あ》ってから一《いっ》か月《げつ》くらいたっていて、今《いま》はもう九月《くがつ》。

夏休《なつやす》み中《ちゅう》は、体《からだ》が溶《と》けちゃいそうなくらい暑《あつ》い日《ひ》が続《つづ》いたけど、九月《くがつ》に入《はい》って日差《ひざ》しも気温《きおん》も落《お》ちついてきた。だから、今日《きょう》はジーパンに黒《くろ》いT《ティー》シャツ。

空《そら》にはひつじのようなボワボワした白《しろ》い雲《くも》がいくつか浮《う》かぶようになって、風《かぜ》がフッとふきぬけると気持《きも》ちよかった。

時刻《じこく》を確認《かくにん》すると、ケータイの時計《とけい》は「8：59」を示《しめ》していた。

まちあわせ時間《じかん》は午前《ごぜん》9時《じ》だから、バッチリだねっ！

教会《きょうかい》のような赤《あか》レンガ駅舎《えきしゃ》に入《はい》っていくと、ひろみちゃんは広場《ひろば》のどまんなかに腕組《うでぐ》みをして立《た》っていた。

あれ、もう来《き》ていたんだ。

今日《きょう》のひろみちゃんは短《みじか》めの白《しろ》い吊《つ》りスカートをはいて、グレーと水色《みずいろ》のボーダー柄《がら》のT《ティー》シャツだった。

トレードマークのツインテールには、今日《きょう》も青《あお》いリボンがピョンって載《の》っていた。

タタッと歩《ある》いて、笑顔《えがお》で声《こえ》をかける。

「ひろみちゃん、おはよー!!」

クルンと振《ふ》りかえったひろみちゃんは腰《こし》に手《て》を当《あ》て直《なお》して、ぶぅと頰《ほお》をふくらませた。

「遅《おそ》いわよっ」

え〜っ!? どういうこと!?

「まちあわせ時間《じかん》、ちょうどだよ?」

あせったぼくはケータイの時計《とけい》を見直《みなお》しながら聞《き》きかえす。

今日《きょう》もキラキラ輝《かがや》く髪《かみ》を右手《みぎて》でフッとはらいながら、ひろみちゃんは口《くち》をとがらせた。

「こういうまちあわせには、男子《だんし》はすこし早《はや》めに来《き》ているものでしょ?」

そっ、そうなの!?

女《おんな》の子《こ》と二人《ふたり》で遊《あそ》ぶなんてあまりないから、そんなこと知《し》らなかったよぉ〜。

ぼくは素直《すなお》にちょこんと頭《あたま》をさげる。

「ごっ、ごめんね。ぼく、こういうことなれてなくて……」

「わっ、私《わたし》だって、なっ、なれてないわよっ」

なぜかひろみちゃんは、頬《ほお》を赤《あか》くしながら言《い》った。

「それで、今日《きょう》はどうしたの？」

ぼくはまちあわせする、ってことだけしか聞《き》いてなかったんだ。

すると、ひろみちゃんはさらに頬《ほお》を赤《あか》くして、すこしうつむく。

「……前《まえ》の……お……しよう……思《おも》って……」

いつもはめちゃめちゃ元気《げんき》がいいのに、急《きゅう》にとっても小《ちい》さな声《こえ》でボソボソ言《い》うから、なにを言《い》っているのか、まったくわからない。

「えっ？」

ぼくは右耳《みぎみみ》に右手《みぎて》を当《あ》てて顔《かお》を近《ちか》づけた。

「こっ、この前《まえ》の……。お礼《れい》をしなくちゃって……思《おも》ってね……」

「お礼《れい》ってどういうこと？」

なんだかよくわからなくて聞《き》きかえしたら、

「もう！　この前《まえ》のおばあちゃんのことよっ！」

ひろみちゃんはぐっと顔《かお》を近《ちか》づけて、すこし怒《おこ》り気味《ぎみ》に声《こえ》をあげた。

「おっ、おばあちゃん？　あんなの別《べつ》にいいよぉ～」

僕《ぼく》は思《おも》わず右手《みぎて》を左右《さゆう》に振《ふ》る。そんなの、お礼《れい》されることじゃないもんね。

「だって……あんなことになったのは、私《わたし》が悪《わる》かったんだもん」

ひろみちゃんは口《くち》をとがらせたまま、ちょっとしょんぼりする。

ひろみちゃんって、たまに言《い》いかたが強《つよ》いときがあって、「うわっ」って思《おも》っちゃうこともあるけど、とっても喜怒哀楽《きどあいらく》がハッキリしているだけなんだね。

よくないと思《おも》ったら怒《おこ》る、悲《かな》しいときは泣《な》く、楽《たの》しいときはおなかをかかえて笑《わら》う、そして、うれしいことがあったら、キラッキラの笑顔《えがお》をする。

この前《まえ》、いっしょに電車《でんしゃ》に乗《の》って、ぼくはそのことがよくわかったんだ。

「そんなの気《き》にしないでいいよ。ぼくも、鶴見《つるみ》や田端《たばた》まで行《い》けて楽《たの》しかったし。それに、おばあちゃんもちゃんと田端《たばた》まで送《おく》れたんだから、よかったじゃん」

ぼくは目《め》をつむって、ウンウンとうなずく。

これはぼくの本心《ほんしん》。だって、この前《まえ》のことは、まるでT3《ティースリー》になったように楽《たの》しかった。

ぼくでも鉄道《てつどう》でこまっている人《ひと》を助《たす》けられたんだもん。

だけど、ひろみちゃんは納得《なっとく》しない。

バッとぼくの両肩《りょうかた》をつかんで、大《おお》きな瞳《ひとみ》で目《め》をまっすぐに見《み》つめてくる。

「いいのっ！　私《わたし》のピンチを翼《つばさ》が救《すく》ってくれたのは本当《ほんとう》なんだからっ！」

ひろみちゃんが顔《かお》をグイと近《ちか》づけてくるから、ぼくは思《おも》わず後《うし》ろへ引《ひ》く。

「そっ、そうなの？」

「そうなのっ！」

コクリとうなずいてから、ひろみちゃんは話《はなし》を続《つづ》ける。

「ホテルへもどってから、パパに事件《じけん》のことを――」

「事件《じけん》って……」

「あれは事件《じけん》よ！　パパに話《はな》したら、『じゃあ、今度会《こんどあ》ったときにちゃんとお礼《れい》を言《い》って、二人《ふたり》でごはんでも食《た》べてきたらどうだい？』って。今日《きょう》はお金《かね》をすこしもらってきたのよっ」

ここまで言《い》われちゃうと、ぼくだって断《ことわ》れない。

「じゃあ、せっかくだから、そうさせてもらおうかなぁ～」

やっと、ひろみちゃんは肩《かた》から手《て》を離《はな》してくれる。

「よしよし、素直《すなお》でいいぞ、翼《つばさ》！」

ひろみちゃんはうれしそうに、「うんうん」と大《おお》きくうなずく。

「二人《ふたり》でごはんかぁ～」

ぼくは駅《えき》の案内板《あんないばん》を見《み》つめる。

東京駅《とうきょうえき》は、電車《でんしゃ》のホームがあるだけじゃない。

レストラン、ホテル、みやげもの屋《や》、駅弁屋《えきべんや》、理髪店《りはつてん》、銀行《ぎんこう》、書店《しょてん》など、まるでショッピングモールのようにお店《みせ》がズラリと並《なら》んでいるのだ。

「じゃあ、どうする？　ハンバーガー？　フライドチキン？　それとも、私《わたし》は食《た》べたことないけど……、駅《えき》の中《なか》によくある、立《た》ったまま食《た》べる、おそばとかおうどん？」

ひろみちゃんは前《まえ》のめりで聞《き》いてくる。

「ちょっとまってね……」

ぼくは改札口《かいさつぐち》の上《うえ》にある時計《とけい》を見《み》つめた。

ごはん……とは言《い》うものの、まだ9時《じ》すこしすぎだもんね。

ひろみちゃんがそんなことを言《い》うとは思《おも》っていなかったから、家《いえ》を出《で》る前《まえ》に、朝《あさ》ごはんをしっかり食《た》べてきちゃった。さすがに、今《いま》はおなかがすいてない。

だったら、すこし腹《はら》ごなしをしてから、ごはんがいいかも。

電車《でんしゃ》でどこかへ出《で》かけたいけど、遠《とお》くに行《い》くと電車賃《でんしゃちん》がいっぱいかかっちゃうしなぁ〜。

お金《かね》をかけずに電車《でんしゃ》に乗《の》るには……。

そんなことを考《かんが》えていると、ムクムクとあるアイデアがわいてきた。

あっ！　これっていいかもっ！

ぼくは右手《みぎて》でパチンと指《ゆび》を鳴《な》らした。

「なに？　食《た》べたいものは決《き》まった？」

「いっしょに食《た》べるのは『駅弁《えきべん》』でもいい？」

ひろみちゃんは目《め》をまん丸《まる》にして驚《おどろ》く。

「えーーーっ!?　駅弁《えきべん》!?」

ぼくは、コクリとうなずく。

「そう!　駅《えき》の売店《ばいてん》で売《う》っている駅弁《えきべん》をいっしょに食《た》べようよ」

「いっ、いいけど……」

改札内《かいさつない》を背《せ》のびして見《み》つめたひろみちゃんは、不安《ふあん》そうな顔《かお》で続《つづ》ける。

「東京駅《とうきょうえき》で駅弁《えきべん》を買《か》って、どこかの待合室《まちあいしつ》で食《た》べるってこと?」

ぼくはニカッと笑《わら》って首《くび》を横《よこ》に振《ふ》る。

「駅弁《えきべん》は電車《でんしゃ》の中《なか》で食《た》べなきゃ!」

「えーーーっ!!　山手線《やまのてせん》とか京浜東北線《けいひんとうほくせん》でお弁当《べんとう》広《ひろ》げちゃうの!?」

クワッと口《くち》を開《ひら》いたひろみちゃんに、ぼくはアワアワと手《て》を振《ふ》る。

「違《ちが》う、違《ちが》うよ～。駅弁《えきべん》を食《た》べるのにぴったりの列車《れっしゃ》があるんだ」

「ほっ、本当《ほんとう》に？」

ひろみちゃんは目《め》を細《ほそ》めてぼくをじっと見《み》つめる。

「それに、まだお昼《ひる》には時間《じかん》もあるからさ。高崎《たかさき》まで行《い》って『だるま弁当《べんとう》』を買《か》おう！」

ぼくは右手《みぎて》の人《ひと》さし指《ゆび》をビシッと立《た》てた。

「たっ、高崎《たかさき》って、群馬県《ぐんまけん》の!?」

「そうそう。大宮《おおみや》の先《さき》の、熊谷《くまがや》のさらに先《さき》にある、高崎《たかさき》だよ」

二人《ふたり》で自動券売機《じどうけんばいき》の上《うえ》にある路線図《ろせんず》を見《み》あげる。

けれど、そこには「高崎《たかさき》」は載《の》っていない。

「ちょっと！　遠《とお》すぎて、路線図《ろせんず》にも載《の》ってないじゃない！」

「高崎《たかさき》までは自動券売機《じどうけんばいき》では買《か》えないんだよね。東京《とうきょう》から高崎《たかさき》までは大人一人《おとなひとり》で『１９４０円《えん》』、小人《こども》でも『９７０円《えん》』するくらいの場所《ばしょ》だからねぇ」

だいたい、自動券売機《じどうけんばいき》で買《か》えるきっぷは大人料金《おとなりょうきん》「１８００円《えん》」までの区間《くかん》なのだ。

ぼくの言葉《ことば》を聞《き》いたひろみちゃんは、「アター」と額《ひたい》に右手《みぎて》をあててうなだれた。

「あのね、翼《つばさ》。パパからおこづかいをもらってきたけど、３０００円《えん》なの」

「そうなんだ」

そんなにあったら、駅弁《えきべん》だったらばっちりだね。

僕《ぼく》の余裕《よゆう》そうな顔《かお》を見《み》てか、ひろみちゃんは「わかんないかなぁ〜」って顔《かお》で腕《うで》を組《く》む。

「だ・か・ら〜。一人《ひとり》たった1500円《えん》しかないんだから、高崎《たかさき》なんか往復《おうふく》することだってできないでしょ？」

「それは大丈夫《だいじょうぶ》！」

「大丈夫《だいじょうぶ》って!?」

ぼくがまったく気《き》にしないことに、ひろみちゃんは驚《おどろ》く。

そう。二人《ふたり》で3000円《えん》もあれば、ちゃんと高崎《たかさき》でだるま弁当《べんとう》を買《か》って東京《とうきょう》へもどってこられる方法《ほうほう》があるんだ。

「そこは考《かんが》えてあるからね」

「いくら翼《つばさ》が『鉄道好《てつどうず》き』っていっても、電車賃《でんしゃちん》を安《やす》くなんかできないでしょ？　高崎《たかさき》までの往復運賃《おうふくうんちん》とお弁当代《べんとうだい》合《あ》わせて、二人《ふたり》で6000円《えん》くらいは絶対《ぜったい》にいるじゃない？」

そのとき、「あ〜」と大《おお》きな声《こえ》を出《だ》したひろみちゃんの目《め》が、キッと細《ほそ》くなる。

「わかったわよ。翼《つばさ》の考《かんが》えが……」

口《くち》をとがらせたひろみちゃんは、半分怒《はんぶんおこ》りながら言《い》う。

「一人《ひとり》で高崎《たかさき》へ行《い》く気《き》でしょ！」

えっ？　どうしてそうなるの？

「そんなことしないよ～。ちゃんと一人《ひとり》１５００円以内《えんいない》で、高崎《たかさき》まで行《い》って、だるま弁当《べんとう》を買《か》って、東京《とうきょう》までもどってこられるんだ」

「え――っ!?　本当《ほんとう》～～～!?」

「うん」

自信《じしん》を持《も》ってうなずいたぼくは、右手《みぎて》をパー、左手《ひだりて》をチョキにしてひろみちゃんに見《み》せた。

「なんとっ、高崎《たかさき》に行《い》ってもどってきても、電車賃《でんしゃちん》はたった『70円《えん》』なんだ！」

「なっ、70え――ん!?」
改札口《かいさつぐち》のドーム天井《てんじょう》に「え～ん」「え～ん」と声《こえ》がこだまする。

あまりにも驚《おどろ》いたひろみちゃんの口《くち》は、あんぐりと大《おお》きく開《ひら》いたままになった。

「だから、残《のこ》ったお金《かね》でだるま弁当《べんとう》が余裕《よゆう》で買《か》えちゃうんだ」

石化魔法《せきかまほう》をかけられて固《かた》まっていたようなひろみちゃんは、ブルブルと首《くび》を横《よこ》に振《ふ》って状態異常《じょうたいいじょう》から立《た》ち直《なお》る。

「片道《かたみち》だって信《しん》じられないのに、往復《おうふく》ってなに!? そんなの絶対《ぜったい》ムリよっ。私《わたし》、鉄道《てつどう》にはくわしくないけど、そんなことができないことくらいはわかるわ」

「ふふふっ、それができるんだなぁ」

すると、ひろみちゃんの目《め》が、今《いま》までで一番細《いちばんほそ》くなった。

それは、どう見《み》てもぼくを心《こころ》からうたがっている目《め》。

「私《わたし》、悪《わる》いことはしないわよっ」

「そんなことは、ぼくもしないよっ！」

ぼくには必殺技《ひっさつわざ》があるのだ。

翼《つばさ》の必殺技《ひっさつわざ》

頬《ほお》をふくらませているひろみちゃんをぼくは見《み》つめた。

「ひろみちゃん『近郊区間《きんこうくかん》』って知《し》ってる？」

その瞬間《しゅんかん》、ひろみちゃんの目《め》は小《ちい》さな点《てん》になる。

「き・ん・こ・う・く・か・ん？」

「東京《とうきょう》、大阪《おおさか》、新潟《にいがた》、仙台《せんだい》、福岡《ふくおか》のＪＲ《ジェイアール》の五地区《ちく》では、『近郊区間《きんこうくかん》』ってエリアが指定《してい》されていて、ここでは『運賃計算《うんちんけいさん》の特例《とくれい》』ってルールが使《つか》えるんだ」

「運賃計算《うんちんけいさん》の特例《とくれい》？」

首《くび》をひねったひろみちゃんは、口《くち》をポカーンと開《ひら》く。

ぼくは自動券売機《じどうけんばいき》の上《うえ》にある路線図《ろせんず》を指《ゆび》さす。

「運賃計算《うんちんけいさん》の特例《とくれい》っていうのは、『近郊区間《きんこうくかん》』って呼《よ》ばれるエリアの中《なか》では、〝出発《しゅっぱつ》する駅《えき》から目的《もくてき》の駅《えき》まで、同《おな》じ駅《えき》を二度《にど》と通《とお》らなければどんなルートで行《い》っても料金《りょうきん》は同《おな》じ〟ってルールなんだ」

と、言《い》われても、鉄道《てつどう》のことを知《し》らないとピーンとこないよね。口《くち》を開《ひら》いたままのひろみちゃんに、ぼくは説明《せつめい》を続《つづ》ける。

「たとえば……、ここ東京駅《とうきょうえき》から山手線《やまのてせん》でとなりの有楽町《ゆうらくちょう》へ行《い》く場合《ばあい》は、外回《そとまわ》りに乗《の》って一駅《ひとえき》で行《い》ってもいいけど……、実《じつ》は、内回《うちまわ》りに乗《の》って上野《うえの》↓池袋《いけぶくろ》↓新宿《しんじゅく》↓渋谷《しぶや》↓品川《しながわ》↓有《ゆう》楽町《らくちょう》と大回《おおまわ》りして行《い》っても、小人《こども》だったらなんと70円《えん》！」

「そんなムダなことする人《ひと》いないでしょ！」

ひろみちゃんは、ぼくの胸《むね》にパシンとつっこんだ。

「そうかな？」

「だって、東京《とうきょう》から有楽町《ゆうらくちょう》までだったら一駅《ひとえき》だから、たったの〝2分《ふん》〟でしょ？　なのに、反対向《はんたいむ》きにクルッて一周《いっしゅう》したら、1時間《じかん》くらいかかっちゃうじゃないの」

ぼくはニコリとほほえみ、右《みぎ》の親指《おやゆび》をビシッと前《まえ》に出《だ》す。

「そのとおり！　同《おな》じ料金《りょうきん》で、なんとっ1時間《じかん》も山手線《やまのてせん》に乗《の》っていられるんだ！」

「1時間《じかん》もって……」

あきれた顔《かお》でひろみちゃんは、はぁと小《ちい》さなため息《いき》をついた。

「まぁ、山手線《やまのてせん》の話《はなし》はたとえだけど……高崎《たかさき》も東京《とうきょう》の近郊区間内《きんこうくかんない》なんだ」

そこで、ひろみちゃんもぼくのアイデアに

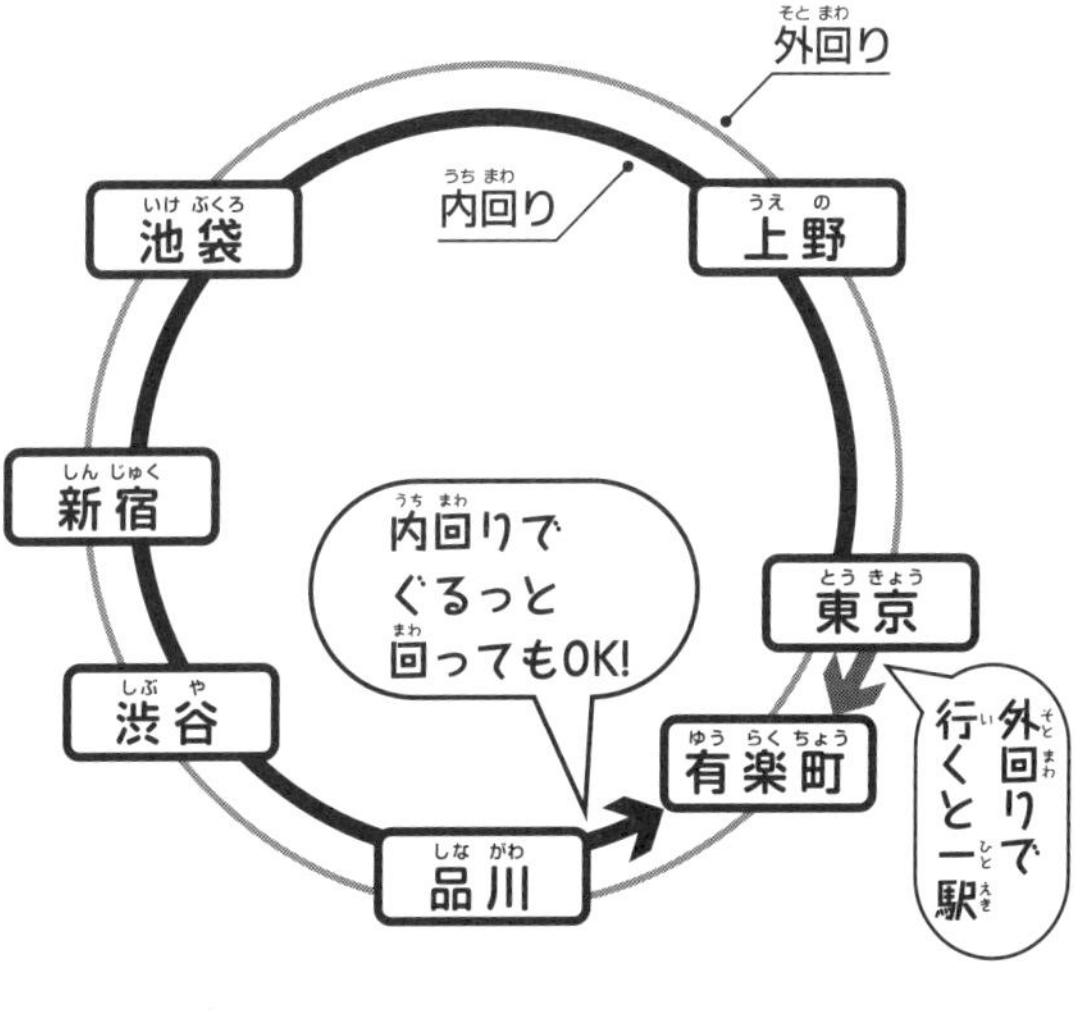

気《き》がついた。

「そっか！　このルールを使《つか》えば、高崎《たかさき》に行《い》ってもどってきても70円《えん》ってことね！」

ひろみちゃんは目《め》を輝《かがや》かせる。

「そういうこと～」

ぼくはニコリとほほえんだ。


「じゃあ、高崎《たかさき》へ行《い》こう！」

ぼくらは自動券売機《じどうけんばいき》できっぷを買《か》うことにする。

買《か》うのは最短距離《さいたんきょり》きっぷで、小人《こども》70円《えん》。

路線図《ろせんず》を見《み》ると、この値段《ねだん》で行《い》けるのは、山手線《やまのてせん》なら南《みなみ》は新橋《しんばし》で、北《きた》は御徒町《おかちまち》まで。中《ちゅう》央線《おうせん》なら御茶ノ水《おちゃのみず》、京葉線《けいようせん》なら越中島《えっちゅうじま》までしか行《い》けない。

ひろみちゃんは出《で》てきたきっぷをじっと見《み》つめる。

「本当《ほんとう》に70円《えん》で大丈夫《だいじょうぶ》？　駅員《えきいん》さんに怒《おこ》られない？」

ぼくは胸《むね》を張《は》ってうなずいた。

「大丈夫《だいじょうぶ》、大丈夫《だいじょうぶ》。この〝大回《おおまわ》り〟って言《い》われている乗《の》りかたは、鉄道《てつどう》ファンの間《あいだ》では有《ゆう》名《めい》な方法《ほうほう》だから……」

「そうなの？」

東京駅《とうきょうえき》丸《まる》の内北口《うちきたぐち》の自動改札機《じどうかいさつき》に、ぼくらはきっぷを入《い》れて通《とお》りぬける。

「うん。〝一日中《いちにちじゅう》電車《でんしゃ》に乗《の》っていられる方法《ほうほう》〟としてね」

「え……。それ、楽《たの》しいの？」

ひろみちゃんはあきれ顔《がお》で聞《き》く。

「もちろん！　だからぼくは何度《なんど》もやったことがあるんだっ」

ぼくはしっかりうなずいた。

「何度《なんど》も!?」

大《おお》きな目《め》をさらに大《おお》きくして、ひろみちゃんはびっくりする。

「でも、大回《おおまわ》りにはルールがある」

ぼくは指《ゆび》を一本一本《いっぽんいっぽん》出《だ》しながら説明《せつめい》する。

「一《ひと》つ！　同《おな》じ駅《えき》を二度通《にどとお》らない。

二《ふた》つ！　近郊区間《きんこうくかん》を出《で》ない。

三《みっ》つ！　改札口《かいさつぐち》から駅《えき》の外《そと》へ出《で》ない」

「同《おな》じ駅《えき》を二度通《にどとお》らない、近郊区間《きんこうくかん》を出《で》ない、改札口《かいさつぐち》から駅《えき》の外《そと》へ出《で》ないね」

ひろみちゃんも指折《ゆびお》り数《かぞ》えながらブツブツと唱《とな》えた。

「このルールさえ守《まも》っていれば、駅員《えきいん》さんには絶対《ぜったい》に怒《おこ》られないよ」

コンコースに入《はい》ったぼくはケータイで時刻《じこく》を確認《かくにん》する。

時刻《じこく》は9時《じ》15分《ふん》。

ぼくはケータイアプリで高崎《たかさき》へ向《む》かう電車《でんしゃ》を調《しら》べる。

あっ、ちょうどいいや。

「ひろみちゃん、こっち！」

ぼくらは地下通路《ちかつうろ》を歩《ある》いて7番線《ばんせん》へと続《つづ》く階段《かいだん》をあがる。

オレンジの看板《かんばん》には、『上野東京《うえのとうきょう》ライン』って書《か》いてあった。

「高崎《たかさき》って、私《わたし》は初《はじ》めて行《い》くかも。何線《なにせん》に乗《の》るの？」

横《よこ》を歩《ある》きながらひろみちゃんが聞《き》く。

「上野東京《うえのとうきょう》ラインから高崎線《たかさきせん》へ入《はい》る『快速《かいそく》アーバン』って電車《でんしゃ》に乗《の》ろうと思《おも》うんだ」

「快速《かいそく》アーバン？」

「うん。高崎線《たかさきせん》を走《はし》る快速列車《かいそくれっしゃ》で、通過駅《つうかえき》が多《おお》いから、とっても速《はや》く目的地《もくてきち》へ行《い》けるんだ」

階段《かいだん》を上《のぼ》りきると、左《ひだり》は高崎方面《たかさきほうめん》の7番線《ばんせん》、右《みぎ》は横浜方面《よこはまほうめん》の8番線《ばんせん》になっていた。

ぼくらは7番線《ばんせん》ホームの中央《ちゅうおう》くらいまで歩《ある》いて電車《でんしゃ》をまつ。

ファァァァァン！

警笛《けいてき》を鳴《な》らしながら、快速《かいそく》アーバンが勢《いきお》いよくホームに入《はい》ってきた。

使用列車《しようれっしゃ》はE《イー》231系《けい》って車両《しゃりょう》で、銀《ぎん》の車体《しゃたい》にオレンジと緑《みどり》の細《ほそ》いラインがサイドにズバッと入《はい》っている。

E《イー》231系《けい》はフロントガラスが大《おお》きく、上《うえ》には二《ふた》つ小《ちい》さなヘッドライトが白《しろ》く輝《かがや》く。正面《しょうめん》のLED《エルイーディー》列車名表示器《れっしゃめいひょうじき》には「快速《かいそく》　高崎《たかさき》」と表示《ひょうじ》されていた。

プシュユと空気《くうき》がぬけて扉《とびら》が開《ひら》く。

中《なか》へ乗《の》りこむと、すぐに扉《とびら》は閉《し》まって、快速《かいそく》アーバンは9時《じ》23分《ぷん》に東京駅《とうきょうえき》を離《はな》れた。

ぼくらは空《あ》いていたロングシートに並《なら》んで座《すわ》る。

グウウンと床下《ゆかした》からモーターの音《おと》がして、電車《でんしゃ》はギュンと加速《かそく》していく。

普通《ふつう》なら、上野《うえの》の次《つぎ》に尾久《おく》に停車《ていしゃ》するんだけど、快速《かいそく》アーバンだから赤羽《あかばね》まで停車《ていしゃ》しない。

高崎線《たかさきせん》は山手線《やまのてせん》、京浜東北線《けいひんとうほくせん》、それに新幹線《しんかんせん》なんかといっしょに線路《せんろ》を並《なら》べながら走《はし》っていく。

赤羽《あかばね》を9時《じ》41分《ぷん》に出発《しゅっぱつ》すると、快速《かいそく》アーバンの速度《そくど》はさらに上《あ》がる。

ケータイで路線図《ろせんず》を見《み》ていたひろみちゃんは、ぼくに向《む》かって聞《き》く。

「この電車《でんしゃ》で高崎《たかさき》まで行《い》くの？」

ぼくは、あははとあいそ笑《わら》い。

「本当《ほんとう》はそうしたいんだけどねぇ～」

「できないの？」

「それはあとで説明《せつめい》するから、とりあえず大宮《おおみや》で下車《げしゃ》して」

「わ、わかったわ」

大回《おおまわ》りルールの「近郊区間《きんこうくかん》を出《で》ない」と「改札口《かいさつぐち》から駅《えき》の外《そと》へ出《で》ない」っていうのは、そんなに難《むずか》しくないけど、「同《おな》じ駅《えき》を二度《にど》通《とお》らない」っていうのを守《まも》るのが一番大変《いちばんたいへん》。

乗《の》る路線《ろせん》は、クルンと大《おお》きなひと筆書《ふでが》きになってないといけない。

もし高崎線《たかさきせん》で高崎《たかさき》まで行《い》ったら、帰《かえ》りに高崎線《たかさきせん》には乗《の》れないんだ。

だから、路線図《ろせんず》とにらめっこして、しっかりと乗《の》る路線《ろせん》を考《かんが》えてから、この大回《おおまわ》りの旅《たび》をやるようにしないとね。

大宮《おおみや》8番線《ばんせん》へと到着《とうちゃく》したぼくらは、快速《かいそく》アーバンを降《お》りる。

時刻《じこく》は9時《じ》57分《ふん》。

向《む》かいの9番線《ばんせん》で待《ま》っていると、10時《じ》16分《ぷん》に東北本線《とうほくほんせん》宇都宮行《うつのみやいき》の電車《でんしゃ》がやってくる。

東北本線《とうほくほんせん》も銀《ぎん》の車体《しゃたい》にオレンジと緑《みどり》のラインの入《はい》ったE《イー》231系《けい》だ。

乗《の》ってしばらくすると、車窓《しゃそう》の風景《ふうけい》はかなり変《か》わってきて、高《たか》いビルは少《すく》なくなって田《た》

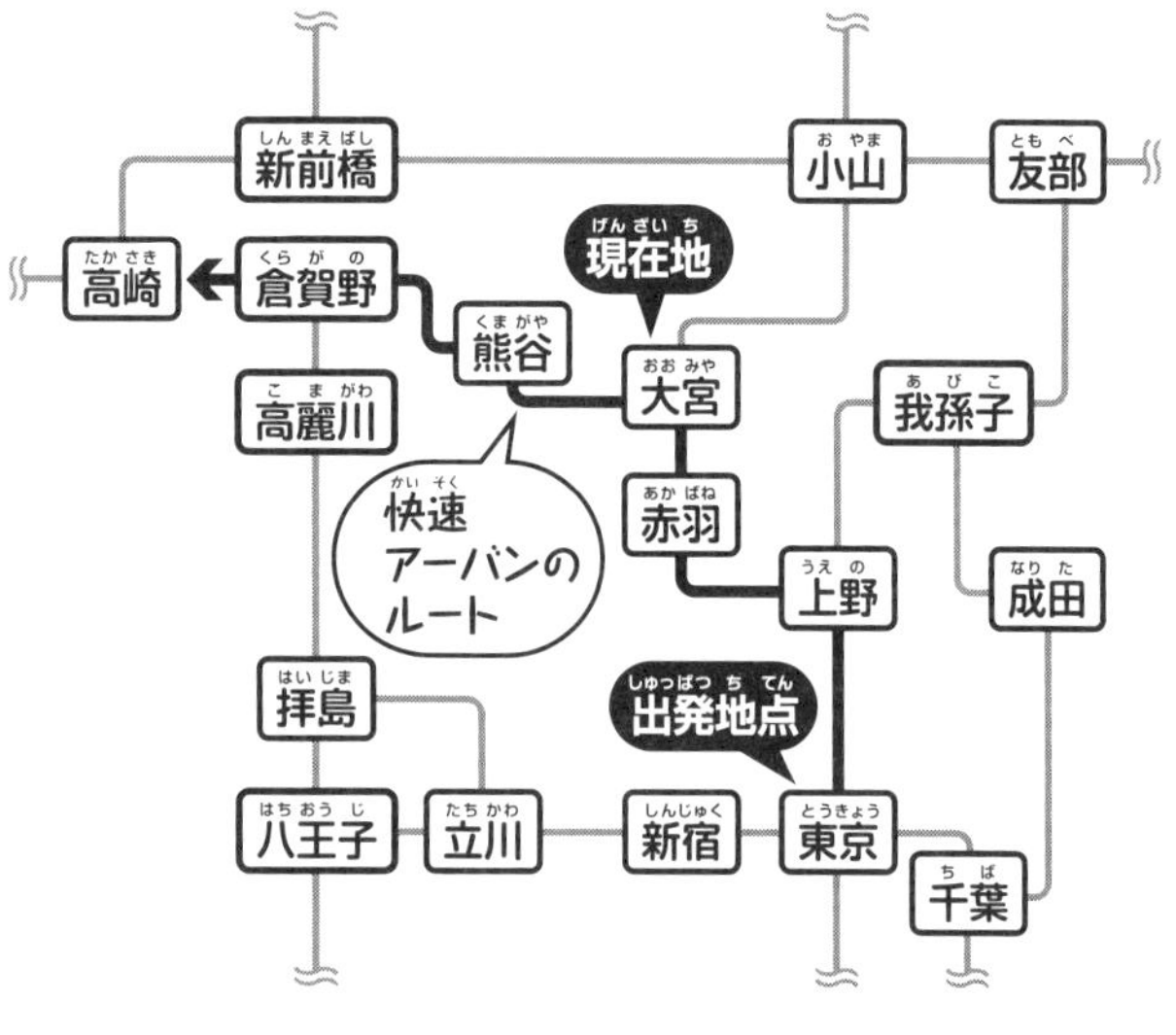

んぼや畑《はたけ》なんかが見《み》えるようになる。

収穫《しゅうかく》が近《ちか》いから穂先《ほさき》は下《した》へ向《む》いていて、風《かぜ》がふくと黄金色《こがねいろ》に波打《なみう》つ。

東京《とうきょう》を出発《しゅっぱつ》してからかなりの時間《じかん》がたったから、ひろみちゃんはすこし心配《しんぱい》そう。

「なんだか……すっごく遠《とお》くまで来《き》てない？」

「埼玉県《さいたまけん》から……、今《いま》はもう栃木県《とちぎけん》だもんね」

「うわぁ、もうそんな遠《とお》くまで来《き》ちゃったんだぁ」

ぼくは窓《まど》から外《そと》を見《み》つめる。

「だから、ぼくは電車《でんしゃ》が好《す》きなんだ」

「……え？」

クルンとツインテールを回《まわ》して、ひろみちゃんがぼくを見《み》る。

「電車《でんしゃ》なら小学生《しょうがくせい》だって、たった一枚《まい》のきっぷだけで、どんな遠《とお》くへも行《い》けるでしょ？」

「そっか～。車《くるま》や飛行機《ひこうき》は大人《おとな》がいないと無理《むり》だもんね」

「ぼくにとって電車《でんしゃ》は、日本中《にほんじゅう》どこまでもつれていってくれる、夢《ゆめ》の乗《の》り物《もの》なんだよね」

「それはちょっとわかるかも」

ひろみちゃんはニコリとほほえんだ。

宇都宮《うつのみや》行《いき》の普通電車《ふつうでんしゃ》は十一駅《えき》に停車《ていしゃ》して、約《やく》1時間後《じかんご》の11時《じ》7分《ふん》に小山《おやま》に到着《とうちゃく》する。

ここで両毛線《りょうもうせん》へと乗《の》りかえるんだ。

東北新幹線《とうほくしんかんせん》も停車《ていしゃ》する小山《おやま》は大《おお》きな駅《えき》だ。ぼくらは、東北本線《とうほくほんせん》のホームから幅《はば》の広《ひろ》い階《かい》段《だん》をあがって二階部分《かいぶぶん》のコンコースへ出《で》た。

ケータイで乗《の》りつぎを調《しら》べたぼくは、ひろみちゃんに声《こえ》をかける。

「次《つぎ》の乗《の》りかえまですこし時間《じかん》があるから休憩《きゅうけい》しようか」

「うん！　そうしよう！」

ひろみちゃんは元気《げんき》よく手《て》をあげた。

70円《えん》で大回《おおまわ》り

次《つぎ》に乗《の》る予定《よてい》の両毛線《りょうもうせん》は、小山《おやま》から新前橋《しんまえばし》まで、栃木県《とちぎけん》をズバーと横断《おうだん》する路線《ろせん》。

ぼくらは歩道橋《ほどうきょう》のような、細《ほそ》い通路《つうろ》を歩《ある》いて両毛線《りょうもうせん》の８番線《ばんせん》へと向《む》かう。

階段《かいだん》をおりると、上《うえ》をコンクリートの屋根《やね》におおわれたホームに出《で》る。

午前中《ごぜんちゅう》でも暗《くら》いから、白《しろ》い蛍光灯《けいこうとう》が点々《てんてん》と光《ひか》っていた。

「ここはすこし暗《くら》いのね」

ガッシリとしたコンクリートの屋根《やね》を、ひろみちゃんが見《み》あげる。

「上《うえ》を東北新幹線《とうほくしんかんせん》が走《はし》っているからね」

「あ～そういうことかぁ」

両毛線《りょうもうせん》のホームは、東北新幹線《とうほくしんかんせん》の高架下《こうかした》に造《つく》られているんだ。

ここだけは別《べつ》な駅《えき》みたいに雰囲気《ふんいき》が違《ちが》っている。

こちらへ向《む》けて行《い》き止《ど》まりとなっている頭端式《とうたんしき》ホームの8番線《ばんせん》には、すでに高崎行《たかさきいき》の4両編成《りょうへんせい》の電車《でんしゃ》が停車《ていしゃ》している。

車体《しゃたい》の屋根《やね》と下半分《したはんぶん》は深緑《ふかみどり》、まんなかはオレンジと二色《しょく》に塗《ぬ》られていた。

後部《こうぶ》には赤《あか》いテールランプが輝《かがや》き、その上《うえ》には目《め》のような小《ちい》さなヘッドライトがあった。

「うわぁ～！　この電車《でんしゃ》ちょっとかわいくない？」

ひろみちゃんは楽《たの》しそうにニコニコ笑《わら》った。

「これは、115系《けい》って電車《でんしゃ》だよ」

「へぇ～。いつも見《み》る銀《ぎん》にラインが入《はい》っている電車《でんしゃ》と違《ちが》って、上《うえ》から下《した》まで塗《ぬ》られているから、ちょっとかわいく見《み》えるのかな」

ひろみちゃんは電車《でんしゃ》を見《み》あげながら横《よこ》を歩《ある》く。

「115系《けい》は古《ふる》い車両《しゃりょう》だから、鋼鉄《こうてつ》で造《つく》られているんだ。だから、さびてしまわないように、こうやってすみずみまで塗料《とりょう》が塗《ぬ》られているんだよね」

すると、ひろみちゃんの頭《あたま》に「？」が浮《う》かぶ。

「あれ？　じゃあ、いつも見《み》る電車《でんしゃ》はそうじゃないの？」

ぼくはコクリとうなずく。

「最近《さいきん》の電車《でんしゃ》は、雨《あめ》や風《かぜ》でさびにくいように、ステンレスやアルミが使《つか》われているんだって～」

「キッチンの流《なが》し台《だい》とか、缶《かん》ジュースとかと同《おな》じってこと？」

「そう！　さびにくいから、車体全体《しゃたいぜんたい》を塗装《とそう》せずに使《つか》えるんだ」

「あれって、銀色《ぎんいろ》に塗《ぬ》っているんじゃないんだ……」

うん、普通《ふつう》はそう思《おも》っちゃうよね。

「コーティング用《よう》の透明《とうめい》な塗料《とりょう》くらいは塗《ぬ》っているけど、あれは基本的《きほんてき》には下地《したじ》の色《いろ》なんだよ。銀色《ぎんいろ》の車体《しゃたい》が多《おお》いのは、そういう理由《りゆう》なんだ」

ぼくらは一番前《いちばんまえ》の車両《しゃりょう》まで移動《いどう》して、中《なか》へ入《はい》った。

115系《けい》はまんなかのピカピカ光《ひか》るグレーの通路《つうろ》をはさんで、左右《さゆう》にグレーと白《しろ》のチェック地《じ》の四人《よにん》がけボックスシートが並《なら》ぶ。

そんなにお客《きゃく》さんはいなかったので、ぼくらはそんなボックスシートの窓《まど》ぎわに向《む》かいあわせになるようにして座《すわ》った。

やがて、11時《じ》27分《ふん》になると、115系《けい》は小山《おやま》を発車《はっしゃ》する。

小山《おやま》を出《で》ると、電車《でんしゃ》は田《た》んぼのまんなかを通《とお》りぬける単線《たんせん》を走《はし》りだす。

車窓《しゃそう》には海《うみ》のような稲穂《いなほ》が広《ひろ》がっていた。

「こんなところを見《み》たのは初《はじ》めて～」

ひろみちゃんは楽《たの》しそうに車窓《しゃそう》を見《み》つめる。

「東京《とうきょう》だとこういう景色《けしき》って、なかなかないもんね」

「さっき、翼《つばさ》が言《い》っていたことが……ちょっとわかる」

ぼくはひろみちゃんの横顔《よこがお》を見《み》つめる。

「なんだっけ？」

「2時間《じかん》も乗《の》っていれば別世界《べっせかい》につれていってくれるんだもんね……電車《でんしゃ》って」

「そう、そうなんだよ！　すごいよね、電車《でんしゃ》って！」

こっちを向《む》いたひろみちゃんは、「うん」とほほえんだ。

窓《まど》から差《さ》しこむ光《ひかり》を受《う》けて輝《かがや》くひろみちゃんの笑顔《えがお》は、とってもまぶしかった。


両毛線《りょうもうせん》はとても景色《けしき》がキレイ。

線路《せんろ》は大《おお》きな川《かわ》にかかる鉄橋《てっきょう》を何本《なんぼん》もわたっていく。

栃木《とちぎ》、佐野《さの》、足利《あしかが》、桐生《きりゅう》、伊勢崎《いせさき》などに停車《ていしゃ》して、やがて、群馬《ぐんま》の県庁所在地《けんちょうしょざいち》、前橋《まえばし》に到着《とうちゃく》する。ここらへんまでくると、田《た》んぼは見《み》えなくなって、線路《せんろ》もコンクリートの高架《こうか》橋《きょう》の上《うえ》を走《はし》る。

前橋《まえばし》をすぎると上越線《じょうえつせん》に入《はい》って、新前橋《しんまえばし》、井野《いの》、高崎問屋町《たかさきとんやまち》と停《と》まって、その次《つぎ》が目的《もくてき》地《ち》の高崎《たかさき》だ。

《次《つぎ》の停車駅《ていしゃえき》は終点《しゅうてん》の高崎《たかさき》、高崎《たかさき》です。お忘《わす》れもののないようご注意《ちゅうい》ください》

車掌《しゃしょう》さんの車内《しゃない》アナウンスが鳴《な》ったので、ぼくは降《お》りる準備《じゅんび》をはじめた。

ケータイで時刻《じこく》を確認《かくにん》すると、13時《じ》をすこし回《まわ》っていた。

東京《とうきょう》を9時半頃《じはんごろ》に出《で》たんだから、だいたい3時間半《じかんはん》かかっている。

「やっぱり高崎《たかさき》は遠《とお》かったわねぇ〜」

グウゥと両手《りょうて》を天井《てんじょう》へ向《む》けて、ひろみちゃんは伸《の》ばす。

「今日《きょう》は遠回《とおまわ》りになっちゃったからね」

「遠回《とおまわ》り？」

ぼくはケータイ画面《がめん》に路線図《ろせんず》を出《だ》した。

「大宮《おおみや》から小山《おやま》へ行《い》って、そこから両毛線《りょうもうせん》を通《とお》って……高崎《たかさき》だからね」

路線図《ろせんず》で見《み》ると、いったん、右上《みぎうえ》のほうへ向《む》かってから、大《おお》きな三角形《さんかくけい》を描《えが》くように走《はし》っている。

これは誰《だれ》がどう見《み》てもムダな遠回《とおまわ》りにしか見《み》えない。

「えーーっ!?　私《わたし》たちこんなことしていたの!?」

驚《おどろ》くひろみちゃんにぼくは言《い》った。

「あのまま、快速《かいそく》アーバンに乗《の》っていれば、約《やく》2時間《じかん》で高崎《たかさき》に着《つ》いたからね」

「にっ、2時間《じかん》!?　なのに、どうして3時間《じかん》半《はん》もかけて遠回《とおまわ》りしたのよっ!」

ひろみちゃんはすこし怒《おこ》りながらぼくに聞《き》いた。

ぼくは高崎近《たかさきちか》くの路線図《ろせんず》を大《おお》きく拡大《かくだい》する。

すると、高崎近《たかさきちか》くにある倉賀野《くらがの》って駅《えき》の先《さき》

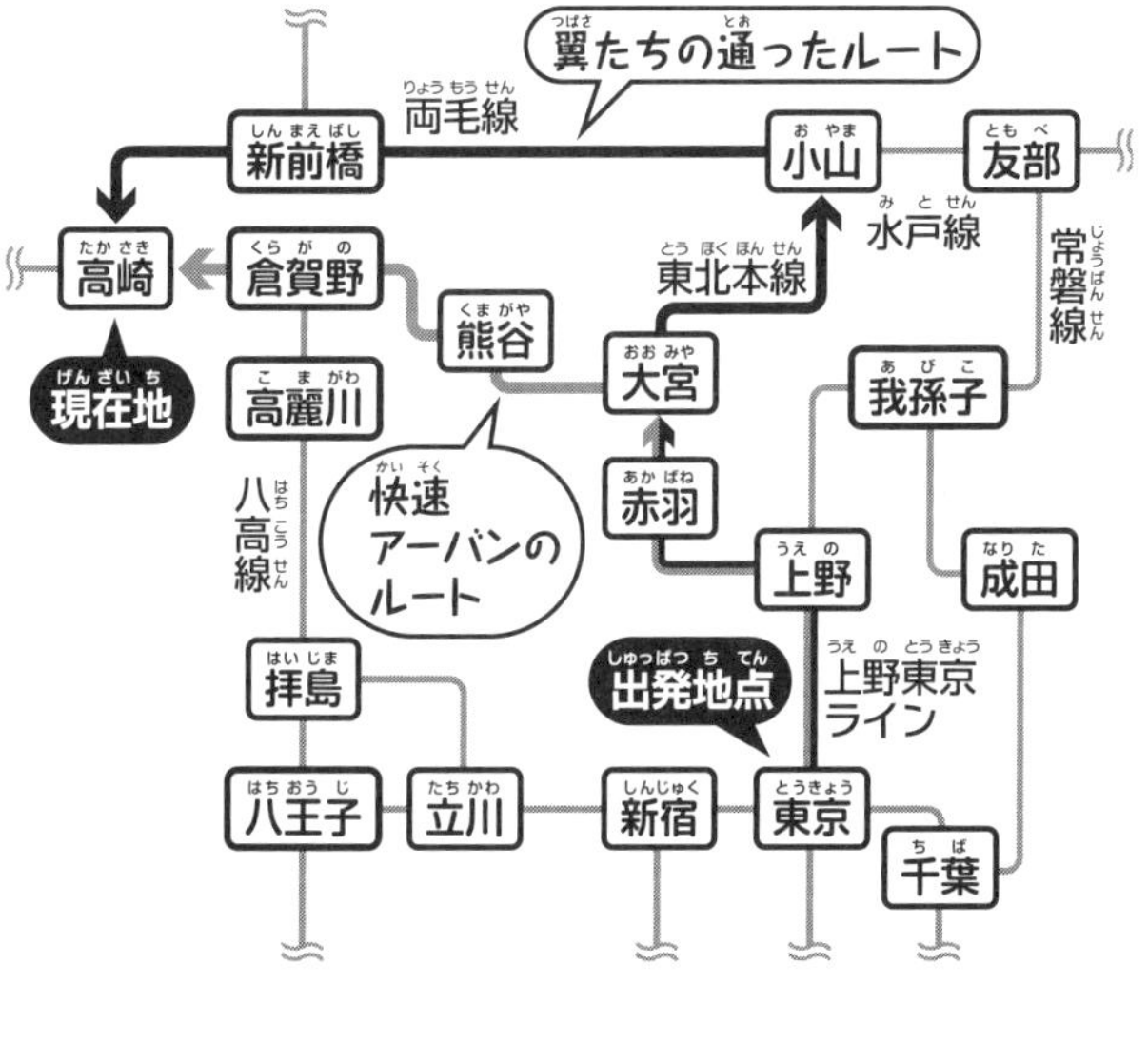

から路線《ろせん》が分《わ》かれている。

「高崎《たかさき》へそのまま行《い》っちゃうと、倉賀野《くらがの》〜高崎間《たかさきかん》を通《とお》っちゃう。そうしたら、帰《かえ》りは両毛《りょうもう》線《せん》→水戸線《みとせん》→常磐線《じょうばんせん》を通《とお》るルートしかなくなるんだ」

それにちょっと理由《りゆう》があって、八高線《はちこうせん》で八王子方面《はちおうじほうめん》へどうしても行《い》きたかったんだ。

高崎《たかさき》〜倉賀野間《くらがのかん》を通《とお》らずに行《い》くには、大宮《おおみや》から小山経由《おやまけいゆ》で、両毛線《りょうもうせん》をまわる以外《いがい》にない。

ぼくはニコリと笑《わら》ったが、ひろみちゃんはちょっと引《ひ》きぎみ。

「そ、その一駅分《ひとえきぶん》のために……1時間半《じかんはん》も遠回《とおまわ》り？」

「だって、〝同《おな》じ駅《えき》を二度《にど》通《とお》らない〟ってルールは絶対《ぜったい》だからねっ！」

ぼくはエッヘンと胸《むね》を張《は》った。

東京《とうきょう》から高崎線《たかさきせん》→東北本線《とうほくほんせん》→両毛線《りょうもうせん》と走《はし》ってきたぼくらは13時《じ》11分《ぷん》に、ついに高崎《たかさき》に到《とう》着《ちゃく》。

高崎駅《たかさきえき》はとっても大《おお》きくて、駅《えき》ナカも充実《じゅうじつ》している。

ひろみちゃんは「駅弁屋《えきべんや》」と大《おお》きく書《か》かれた売店《ばいてん》に入《はい》って注文《ちゅうもん》した。

「だるま弁当二《べんとうふた》つくださ〜い」

「は〜い。二《ふた》つで２０００円《えん》になりますね」

紺《こん》の制服《せいふく》を着《き》た店員《てんいん》さんが、赤《あか》いお弁当箱《べんとうばこ》を二《ふた》つ取《と》って白《しろ》いビニール袋《ぶくろ》に入《い》れてくれる。

コンコースを歩《ある》きながら左右《さゆう》を見《み》まわして、ひろみちゃんはぼくに聞《き》いた。

「翼《つばさ》、『電車《でんしゃ》の中《なか》で食《た》べる』なんて言《い》っていたけど、ここの電車《でんしゃ》だって、あんまり東京《とうきょう》と変《か》わらないんじゃない？　さっきの両毛線《りょうもうせん》でもお弁当《べんとう》を広《ひろ》げるのはちょっと……って感《かん》じだったよ」

ぼくは右手《みぎて》の人差《ひとさ》し指《ゆび》をピンと立《た》てた。

「そのために1時間半《じかんはん》の遠回《とおまわ》りをしたんだ」

「そのために？」

ぼくらは灰色《はいいろ》の看板《かんばん》のある3番線《ばんせん》へ向《む》かって階段《かいだん》をおりていく。

「八高線《はちこうせん》？」

ひろみちゃんは看板《かんばん》の文字《もじ》を読《よ》む。

「八王子《はちおうじ》の『八《はち》』と高崎《たかさき》の『高《たか》』を取《と》って、八高線《はちこうせん》だよ」

階段《かいだん》を一番下《いちばんした》までおりると、その先《さき》には2両編成《りょうへんせい》の列車《れっしゃ》が停《と》まっていた。

これは高麗川行《こまがわいき》の普通列車《ふつうれっしゃ》。

ドドドドドドドッ……。

3番線《ばんせん》に停車《ていしゃ》している白《しろ》と黄緑《きみどり》の2両編成《りょうへんせい》の車両《しゃりょう》からはバスのような音《おと》が聞《き》こえてくる。

「なっ、なにあの電車《でんしゃ》？」

ぼくは軽《かる》く首《くび》を横《よこ》に振《ふ》った。

「あれは電車《でんしゃ》じゃなくて、気動車《きどうしゃ》なんだ」

ぼくは歩《ある》きながら車体《しゃたい》の屋根《やね》を指《ゆび》さす。

「気動車《きどうしゃ》？」

「あそこから黒《くろ》い排気《はいき》ガスが出《で》ているでしょ？　鉄道《てつどう》って電気《でんき》で走《はし》るから『電車《でんしゃ》』なんだ。だけど、このキハ110はディーゼルエンジンで走《はし》る『気動車《きどうしゃ》』なんだよ」

「へぇ～そんな鉄道《てつどう》もあるの？」

ぼくとひろみちゃんは、すこし高《たか》くなっている車内《しゃない》にステップを蹴《け》って入《はい》る。

右《みぎ》が二列《れつ》、左《ひだり》は一列《れつ》の青《あお》いボックスシートがズラリと並《なら》ぶ。

そんな中《なか》でぼくらは左《ひだり》の一人《ひとり》がけシートのほうに、向《む》かいあわせに座《すわ》った。

「これなら、お弁当《べんとう》を広《ひろ》げても大丈夫《だいじょうぶ》でしょ？」

「うんうん！　〝旅《たび》をしてる〟って感《かん》じがするもんね！」

進行方向《しんこうほうこう》に対《たい》して横《よこ》に並《なら》ぶロングシートでお弁当《べんとう》を広《ひろ》げるのは、ちょっとマナー違反《いはん》だけど、こういう長時間乗《ちょうじかんの》るようなローカル線《せん》のボックスシートならいいよね。

フィー――――イ！

太《ふと》い笛《ふえ》のような汽笛《きてき》が鳴《な》り、気動車《きどうしゃ》は13時《じ》34分《ぷん》に高崎《たかさき》を発車《はっしゃ》する。

ゴゴゴゴッ……ヒュ……ゴゴゴゴゴゴゴッ……。

床下《ゆかした》が大《おお》きく振動《しんどう》して、トラックか大型《おおがた》バスのような重《おも》いエンジン音《おん》が聞《き》こえてくる。

だけど、加速《かそく》は今《いま》までの電車《でんしゃ》に比《くら》べると、とってもゆっくり。

「こうやってエンジン音《おん》を聞《き》くと、電車《でんしゃ》じゃなくて、気動車《きどうしゃ》ってことがよくわかるわね」

初《はじ》めての気動車体験《きどうしゃたいけん》に、ひろみちゃんは楽《たの》しそうだった。

最初《さいしょ》の停車駅《ていしゃえき》・倉賀野《くらがの》を出《で》て八高線《はちこうせん》へ入《はい》ると、車窓《しゃそう》はローカル線《せん》って雰囲気《ふんいき》になる。

ぼくらはそこでだるま弁当《べんとう》を開《ひら》いた。

「うわぁ〜本当《ほんとう》にだるまの形《かたち》〜」

プラスチック製《せい》のまっ赤《か》なフタを開《ひら》いたひろみちゃんは、ニッカリと笑《わら》った。

お弁当《べんとう》をひざの上《うえ》に置《お》いて、落《お》とさないようにしながら二人《ふたり》でパチンと手《て》を合《あ》わせる。

「「いただきま〜す」」

容器《ようき》の底《そこ》には、しょうゆ味《あじ》の茶飯《ちゃめし》がしきつめられていて、その上《うえ》には、しっかりと煮《に》こまれた群馬《ぐんま》の山《やま》の幸《さち》が、「これでもかっ」ってくらいにてんこもり。

ぼくらはそんなお弁当《べんとう》を、同時《どうじ》におはしですくってパクリ。

その瞬間《しゅんかん》、思《おも》わず顔《かお》を見《み》あわせてしまう。

「「おいし〜い！」」

普通《ふつう》に食《た》べてもおいしい駅《えき》弁《べん》を、こんな楽《たの》しいローカル線《せん》の気動車《きどうしゃ》の中《なか》で食《た》べるから、何倍《なんばい》にもおいしく感《かん》じるんだ。

それに、ひろみちゃんと食《た》べているからだよね、きっと。

だるま弁当《べんとう》を食《た》べながら、ぼくはそう思《おも》った。

ぼくらは車窓《しゃそう》に流《なが》れる美《うつく》しい自然《しぜん》を見《み》ながら、おいしいお弁当《べんとう》を楽《たの》しむ。

やっぱり、ここへ駅弁《えきべん》を食《た》べにきてよかった！

高崎《たかさき》から高麗川《こまがわ》へ向《む》かう八高線《はちこうせん》は、関東《かんとう》とは思《おも》えないほど旅行気分満載《りょこうきぶんまんさい》の路線《ろせん》だ。

単線《たんせん》の線路《せんろ》は山《やま》の間《あいだ》をぬけるように右《みぎ》に左《ひだり》に大《おお》きくカーブしながら、鉄橋《てっきょう》で川《かわ》をわたり、トンネルで山《やま》をぬけていく。

そんな単線《たんせん》をキハ110は、ゴォォとエンジン音《おん》をあげて走《はし》る。

鉄橋《てっきょう》でわたるまっ青《さお》な川《かわ》は光《ひかり》を受《う》けてキラキラと光《ひか》り、その横《よこ》にはまっ白《しろ》な石《いし》がしきつめられた川原《かわら》が広《ひろ》がっていた。

ここを走《はし》る気動車《きどうしゃ》は、東京《とうきょう》の電車《でんしゃ》とはまったく違《ちが》う。

列車《れっしゃ》には車掌《しゃしょう》さんはいなくて、運転手《うんてんしゅ》が一人《ひとり》のワンマン運転《うんてん》。

だから、出入口《でいりぐち》にはバスみたいな「整理券発行機《せいりけんはっこうき》」がある。

ワンマン運転《うんてん》だから、お客《きゃく》さんは電車《でんしゃ》に乗《の》り降《お》りするとき、車体《しゃたい》についているボタンをポチッと押《お》して自分《じぶん》で扉《とびら》を開《あ》けなくちゃいけない。

それに、沿線《えんせん》には誰《だれ》も駅員《えきいん》さんのいない無人駅《むじんえき》がいくつもあった。

「おぉ～そうなんだ――!!」

と、都心《としん》では見《み》ることのない光景《こうけい》に出会《であ》うたびに、ひろみちゃんは驚《おどろ》いていた。

そんな楽《たの》しい気動車《きどうしゃ》に乗《の》り、おいしいだるま弁《べん》当《とう》を食《た》べながら、車窓《しゃそう》から見《み》える風景《ふうけい》を二人《ふたり》で楽《たの》しんでいたら、1時間半《じかんはん》なんて本当《ほんとう》にあっというま。

終点《しゅうてん》の高麗川《こまがわ》には15時《じ》7分《ふん》に到着《とうちゃく》した。

まっ赤《か》なだるま形《がた》のお弁当箱《べんとうばこ》を、「今日《きょう》の思《おも》い出《で》に」って、二人《ふたり》とも持《も》って帰《かえ》ることにする。

15時《じ》30分発《ぷんはつ》の八高線各駅停車《はちこうせんかくえきていしゃ》で、高麗川《こまがわ》を出《で》て拝島《はいじま》には16時《じ》3分着《ぷんちゃく》。

ここで青梅線《おうめせん》に乗《の》りかえる。

実《じっ》は拝島《はいじま》からは一本《いっぽん》で東京駅近《とうきょうえきちか》くまでもどるこ

とができる。

16時《じ》4分発《ぷんはつ》の東京行《とうきょういき》・青梅線快速《おうめせんかいそく》に乗《の》りこめば、東京駅《とうきょうえき》の二《ふた》つとなりの御茶ノ水《おちゃのみず》に17時《じ》3分《ぷん》に到着《とうちゃく》できるのだ。

ちなみに東京《とうきょう》の一《ひと》つとなりの神田《かんだ》には降《お》りられない。快速《かいそく》アーバンで通《とお》った上野東京《うえのとうきょう》ラインに並走《へいそう》している区間《くかん》だからね。


御茶ノ水《おちゃのみず》で下車《げしゃ》したぼくらは、改札機《かいさつき》の前《まえ》まで歩《ある》いた。

「本当《ほんとう》に大丈夫《だいじょうぶ》かな？　一日中電車《いちにちじゅうでんしゃ》に乗《の》っていたのに……」

東京駅《とうきょうえき》で買《か》った70円《えん》のきっぷをにぎりしめたひろみちゃんは、ドキドキしているみたい。

「入場《にゅうじょう》から時間《じかん》がたちすぎていて、もしかすると、自動改札機《じどうかいさつき》だと引《ひ》っかかるかもしれないね」

こういうときは、駅員《えきいん》さんのいる改札口《かいさつぐち》を通《とお》るんだ。

「すみません。東京《とうきょう》から大宮《おおみや》、小山《おやま》、高崎《たかさき》、高麗川《こまがわ》、拝島《はいじま》、立川《たちかわ》、新宿《しんじゅく》を通《とお》って、近郊区《きんこうく》間内《かんない》の〝大回《おおまわ》り〟をしてここへ来《き》ました」

そう言《い》うと、駅員《えきいん》さんはニコリと笑《わら》ってきっぷを受《う》け取《と》ってくれる。

「はい。ご苦労《くろう》さまでした」

後《うし》ろからついてきたひろみちゃんも、同《おな》じようにして通《とお》りぬけた。

「こんなにアッサリなの？」

「これをやっている鉄道《てつどう》ファンの人《ひと》が多《おお》いからね。なれているんだと思《おも》うよ」

「私《わたし》は別世界《べっせかい》へ行《い》ったくらいの気分《きぶん》なのに、本当《ほんとう》に70円《えん》なんて……」

ひろみちゃんは目《め》を丸《まる》くして驚《おどろ》いていた。

「ねっ、一日電車《いちにちでんしゃ》に乗《の》っているって、楽《たの》しかったでしょ？」

「うん！　ホントに。朝《あさ》には東京駅《とうきょうえき》にいたのに、栃木《とちぎ》、群馬《ぐんま》、埼玉《さいたま》を通《とお》って、御茶ノ水《おちゃのみず》まで戻《もど》ってきて、70円《えん》で大満足《だいまんぞく》の大旅行《だいりょこう》だったんだもん！」

「よかったぁ～」

「ありがとう、翼《つばさ》。お礼《れい》のはずだったのに、こんなに楽《たの》しんじゃって～」

ぼくは首《くび》を横《よこ》に振《ふ》る。

「そんなことないよ。ぼくもとっても楽《たの》しかったよ」

「それは……一日中電車《いちにちじゅうでんしゃ》に乗《の》れたから？」

「ちがうよっ！　気《き》のあう友《とも》だちと電車《でんしゃ》に乗《の》っていられたからさ」

「私《わたし》もっ！」

ぼくがニコリとほほえむと、ひろみちゃんはほほえみかえしてくれた。

その時《とき》、風《かぜ》がふいてひろみちゃんの長《なが》いツインテールが揺《ゆ》れる。

赤《あか》い空《そら》からの風《かぜ》はすこし涼《すず》しくなりかけていた。

# 第《だい》3話《わ》

## ＼激《げき》レア！／ハートのつり革《かわ》列車《れっしゃ》を探《さが》せ!!!

# ひろみちゃんの親友《しんゆう》

秋《あき》も終《お》わりに近《ちか》づいてきた十一月《がつ》のある日《ひ》。

《どこかいいところ、知《し》らない？》

電話《でんわ》でひろみちゃんが聞《き》いてきたので、ぼくは即答《そくとう》した。

「大宮《おおみや》の『鉄道博物館《てつどうはくぶつかん》』なんてどう!?　あそこだったら、ぼくは一日中《いちにちじゅう》遊《あそ》んでいられる――」

そこまで言《い》ったら、

《そういうことじゃないわよ――!!》

って、止《と》められちゃった。

ええ？　どうしてダメなの？

なぜか、電話《でんわ》の向《む》こうでひろみちゃんは、もうプンプンしている。

ぼくはひろみちゃんに「今度《こんど》引《ひ》っこすことになった、親友《しんゆう》のあゆみと、〝いい思《おも》い出《で》を作《つく》りたい〟から、どこかいいところは知《し》らない？」って聞《き》かれたのだ。

だから、鉄道《てつどう》ファンなら誰《だれ》でももりあがっちゃう、鉄板《てっぱん》スポット『鉄道博物館《てつどうはくぶつかん》』をすすめたのに、速攻《そっこう》で却下《きゃっか》されちゃった。

「ひろみちゃん、鉄道好《てつどうす》きでしょ？」

《そっ……そりゃあ、私《わたし》は最近鉄道《さいきんてつどう》のことは、ちょっと好《す》き……だけど……》

「だったら――」

ひろみちゃんがふたたび言葉《ことば》をさえぎる。

《だ・か・ら～。私《わたし》の親友《しんゆう》だからって、あゆみは鉄道《てつどう》ファンじゃないのっ！　そんなところへ行《い》ったら、あゆみがこまってオロオロしちゃうじゃない》

「そうかなぁ？」

鉄道博物館《てつどうはくぶつかん》は鉄道《てつどう》にくわしくない人《ひと》と行《い》っても、とっても楽《たの》しいんじゃないかな～って、ぼくは思《おも》うんだけどなぁ～。

ひろみちゃんはさっさと話題《わだい》を切《き》りかえる。
《他《ほか》にはどこかいい場所《ばしょ》はないの？》
「う〜〜〜ん」
鉄道博物館《てつどうはくぶつかん》を「違《ちが》う」って言《い》われちゃうと、どこが「いい場所《ばしょ》」なのかわからない。
《女《おんな》の子《こ》が行《い》っても楽《たの》しそうな場所《ばしょ》で、いい思《おも》い出《で》が作《つく》れそうなところ》
ダメだ……注文《ちゅうもん》がザックリすぎてよくわからない。
「どういうところなら、いい思《おも》い出《で》が作《つく》れそうなの？」
電話《でんわ》の向《む》こうから、「う〜ん」とすこし考《かんが》えるような声《こえ》がする。
《たとえば……》
電話《でんわ》の向《む》こうで、パチンと指《ゆび》の鳴《な》る音《おと》が聞《き》こえた。
《ほらっ！　後《うし》ろ向《む》きに立《た》ってコインを投《な》げて水《みず》の中《なか》へ落《お》ちると、そこへまた二人《ふたり》で来《こ》れる伝説《でんせつ》のある、イタリア・ローマの『トレビの泉《いずみ》』とかっ》
「あぁ〜そういうのかぁ。他《ほか》には？」

《消《き》えるまでにおねがいごとを言《い》えると、おねがいがかなう『流《なが》れ星《ぼし》』とか！》

あ！　そんなのだったらあるよ！

ぼくはケータイに向《む》かって自信《じしん》を持《も》って言《い》う。

「じゃあ、『ドクターイエロー』を二人《ふたり》で見《み》るのは？」

《ドクターイエロー？》

ひろみちゃんは「なにそれ？」って感《かん》じで聞《き》きかえす。

ぼくはコホンとせきばらいを一《ひと》つ。

「正式名称《せいしきめいしょう》は『新幹線電気軌道総合試験車《しんかんせんでんききどうそうごうしけんしゃ》』って名前《なまえ》の黄色《きいろ》い新幹線《しんかんせん》なんだけど、めったに見《み》られないまぼろしの新幹線《しんかんせん》だから、〝見《み》たらしあわせになれる〟って言《い》われているよ！」

電話《でんわ》の向《む》こうで、ひろみちゃんのテンションがキュンとあがるのがわかる。

《それ、いいかも！》

よかったぁ～。これは気《き》にいってくれたみたい。

《それでそれで！　そのドクターイエローは、どこへ行《い》けば見《み》られるの？》

あっ、そこは考《かんが》えていなかった。

一瞬《いっしゅん》言葉《ことば》につまってから、ぼくはポツリと言《い》う。

「それはわからないよ。だから、まぼろしって言《い》われているんだもん」

電話《でんわ》の向《む》こうで「ゴン!」となにかが、ケータイにぶつかる音《おと》がした。

《そんなの、あゆみといっしょに見《み》られないでしょ!》

電話《でんわ》の向《む》こうで顔《かお》をまっ赤《か》にして怒《おこ》っている、ひろみちゃんが頭《あたま》にうかんだ。

「ドクターイエローもダメかぁ」

《まぼろし禁止《きんし》!》

速攻《そっこう》でひろみちゃんに言《い》われる。

そのとき、ぼくは最近《さいきん》読《よ》んだ鉄道《てつどう》のホームページの記事《きじ》を思《おも》い出《だ》した。

あれだったら、どうかな?

「ねぇ、ひろみちゃん」

《なによ、翼《つばさ》。どんなにすごくても、見《み》られないものはなしよ!》

「今度《こんど》のは〝がんばれば〟絶対《ぜったい》に見《み》つけられるものだから……」

《がんばれば？》

「都電荒川線《とでんあらかわせん》っていう鉄道《てつどう》があってね。そこで――」

その鉄道《てつどう》がやっているあることを、「三人《にん》で見《み》にいかない？」と提案《ていあん》した。

それを聞《き》いたひろみちゃんは、「それいいじゃない！」と、二《ふた》つ返事《へんじ》でよろこんだ。

次《つぎ》の日曜日《にちようび》に三人《にん》で、それを見《み》にいこうってことになった。


そして、約束《やくそく》の日曜日《にちようび》。

空《そら》には、ほうきではいたような、すっすっというスジ状《じょう》の雲《くも》が浮《う》かんでいる。

すっかり気温《きおん》が落《お》ちてきて、外《そと》に出《で》ると肌寒《はだざむ》い。

だから、今日《きょう》は黒《くろ》とグレーのジャンパーを着《き》ている。

ぼくらは、いつものように東京駅《とうきょうえき》の丸《まる》の内北口《うちきたぐち》に集《あつ》まるように約束《やくそく》していた。

集合時間《しゅうごうじかん》は13時《じ》ちょうど。

前回《ぜんかい》、時間《じかん》ピッタリに着《つ》いて怒《おこ》られたぼくは、10分前《ぷんまえ》からまっていた。

13時《じ》5分前《ふんまえ》になると、ひろみちゃんは一人《ひとり》の女《おんな》の子《こ》といっしょにやってきた。

これが電話《でんわ》で聞《き》いた、ひろみちゃんの親友《しんゆう》かぁ。

「初《はじ》めまして……、沢井《さわい》あゆみです」

あゆみちゃんは、かわいくちょこんと頭《あたま》をさげる。

あれ？　ペアルックなのかな？

二人《ふたり》は姉妹《しまい》みたいに色《いろ》ちがいのパーカーを着《き》ていた。

ひろみちゃんはピンクのパーカーで、ハート形《がた》のポケットが白《しろ》。

あゆみちゃんは、白《しろ》いパーカーで、同《おな》じようにハート形《がた》のポケットで、色《いろ》がピンクだった。

親友《しんゆう》って聞《き》いていたから、ひろみちゃんみたいに、とっても元気《げんき》のいい感《かん》じかと思《おも》っていたら、背《せ》も声《こえ》も小《ちい》さくておとなしめな感《かん》じの子《こ》だった。

肩《かた》までの髪《かみ》はゆるくウェーブしていて、歩《ある》くたびにふわふわしている。

顔《かお》のラインは丸《まる》くて額《ひたい》に髪《かみ》がかかっているから、三人《にん》の中《なか》で一番年下《いちばんとしした》に見《み》えた。

「ぼく、中村翼《なかむらつばさ》です」

「翼《つばさ》くん、今日《きょう》はよろしくおねがいします」

両手《りょうて》を腰《こし》の前《まえ》に合《あ》わせて、あゆみちゃんはまたコクリと頭《あたま》をさげた。

かっ、かわいい……。

「なに、赤《あか》くなってんのよ？」

その瞬間《しゅんかん》、ひろみちゃんに、超《ちょう》するどくつっこまれる。

えっ!?　顔《かお》に出《で》ちゃってる!?

「そっ、そんなことないよっ！」

ぼくは冷《つめ》たくなった両手《りょうて》を頬《ほお》にあてて、思《おも》わず熱《ねつ》を冷《さ》まそうとした。

そんなぼくらのやりとりを見《み》ていたあゆみちゃんは、とっても恥《は》ずかしそうに、ひろみちゃんのパーカーのそでをクイクイと引《ひ》っぱる。

「もう～ひろみちゃ～ん……」

「ごめん、ごめん、あゆみ。冗談《じょうだん》よ」

ひろみちゃんはくったくなく笑《わら》ったあと、ぼくをジロリと見《み》た。

「翼《つばさ》の顔《かお》がまっ赤《か》なのは、本当《ほんとう》だけど……」

「え〜っ本当《ほんとう》に!?」

あゆみちゃんがこまった顔《かお》で、こっちを見《み》ようとしたのでぼくは駅構内《えきこうない》へ向《む》かって歩《ある》きだす。

「いっ、行《い》くよっ！　大塚《おおつか》までだから、一人《ひとり》100円《えん》ね」

「ちょっ、ちょっと、翼《つばさ》〜」

ひろみちゃんはあゆみちゃんと手《て》をつないで、後《うし》ろからついてくる。

ぼくは自動券売機《じどうけんばいき》に100円玉《えんだま》を一枚《まいい》入《い》れて、タッチパネルの「100円《えん》」を押《お》してきっぷを買《か》う。

「あゆみ、きっぷの買《か》いかた教《おし》えてあげるっ！」

ひろみちゃんは何度《なんど》か、ぼくと遊《あそ》んでいたから、もう、きっぷを買《か》うのはお手《て》のもの。

みんなできっぷを買《か》ったら、自動改札機《じどうかいさつき》に入《い》れてスルリと三人並《にんなら》んで通《とお》りぬける。

コンコースへ入《はい》ったぼくらは、山手線《やまのてせん》の内回《うちまわ》り・上野方面《うえのほうめん》の4番線《ばんせん》へと向《む》かった。

「今日《きょう》はどこまで行《い》くの？」

ひろみちゃんがすこし不安《ふあん》そうな顔《かお》をする。

「大塚《おおつか》までだよ。ここから、内回《うちまわ》りで11個目《こめ》」

階段《かいだん》へ入《はい》ったぼくが言《い》うと、いっしょに歩《ある》くあゆみちゃんは首《くび》をかたむける。

「あの……すみません。すこしよろしいでしょうか？」

「なに？　あゆみちゃん」

「山手線《やまのてせん》の『内回《うちまわ》り』ってなんでしょうか？」

「ごめん、わかりにくかったよね？」

階段《かいだん》を上《のぼ》りきり、ホームに出《で》てから説明《せつめい》をすることにした。

ぼくは両手《りょうて》で輪《わ》っかを作《つく》って見《み》せる。

「山手線《やまのてせん》って、円《えん》の中《なか》をグルグル回《まわ》るようにして走《はし》るんだけど、時計回《とけいまわ》りに回《まわ》るほうと、反対方向《はんたいほうこう》に回《まわ》るのがあるんだ。それぞれ円《えん》の内側《うちがわ》と外側《そとがわ》を走《はし》ってるから、内回《うちまわ》りと外回《そとまわ》りっていうんだよ」

「なるほど、そうなんですね。でもどっち回《まわ》りが内側《うちがわ》になるんですか？」

「電車《でんしゃ》は車《くるま》と同《おな》じで左側通行《ひだりがわつうこう》なんだ。だから、時計回《とけいまわ》りは外側《そとがわ》、反時計回《はんとけいまわ》りは内側《うちがわ》を走《はし》るんだよ。東京《とうきょう》から上野《うえの》、大塚《おおつか》、池袋方面《いけぶくろほうめん》へ向《む》かうときは、反時計回《はんとけいまわ》りになるから、内回《うちまわ》りだね」

ニコッとほほえんだあゆみちゃんは、胸《むね》の前《まえ》で祈《いの》るみたいに両手《りょうて》を合《あ》わせる。

「うわぁ～翼《つばさ》くんの説明《せつめい》って、とってもわかりやすいですねぇ～」

「そっ、そうかなぁ」

ぼくはデヘへと照《て》れ笑《わら》いしながら続《つづ》ける。

ふっとひろみちゃんを見《み》ると、目《め》がめっちゃ細《ほそ》くなっている。

「なんか……私《わたし》にするときの説明《せつめい》より、やさしくない？」

「いやいやいや、そんなことないないないないっ！」

ブンブン右腕《みぎうで》を振《ふ》って、ぼくは思《おも》いきり否定《ひてい》した。

フワアアアアアアアアアアアアアン！

警笛《けいてき》を鳴《な》らしながら、電車《でんしゃ》が勢《いきお》いよく品川《しながわ》方面《ほうめん》からホームに入《はい》ってくる。

山手線《やまのてせん》の電車《でんしゃ》は、銀《ぎん》の車体《しゃたい》に黄緑《きみどり》のラインが入《はい》ったＥ《イー》２３１系電車《けいでんしゃ》。

キイイイイイイン。

大《おお》きなブレーキ音《おん》がして列車《れっしゃ》が停車《ていしゃ》し、扉《とびら》がプシュと左右《さゆう》に開《ひら》く。

中《なか》へ入《はい》ったあゆみちゃんは、三人分《にんぶん》の席《せき》が空《あ》いていたロングシートを指《ゆび》さす。

「みんなであそこに座《すわ》りましょうか？」

「そうねっ！」

二人《ふたり》が並《なら》んで座《すわ》り、ぼくはひろみちゃんの

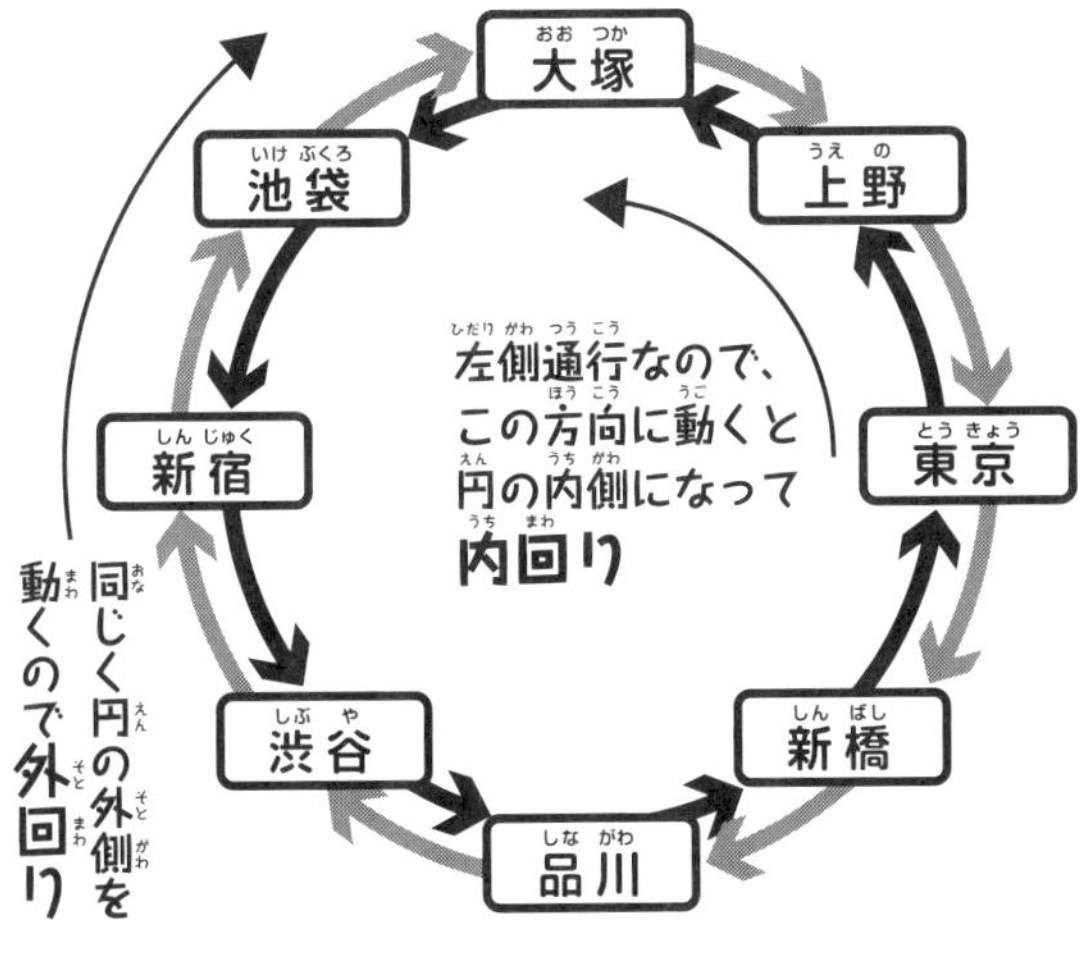

横《よこ》へ座《すわ》った。

すぐに扉《とびら》が閉《し》まって、山手線内回《やまのてせんうちまわ》りの電車《でんしゃ》は走《はし》りだす。東京発車時刻《とうきょうはっしゃじこく》は、13時《じ》15分《ふん》。

二人《ふたり》は学校《がっこう》のことや、おもしろかったWEB《ウエブ》動画《どうが》について話《はな》しだし、キャッキャともりあがる。

東京《とうきょう》から大塚《おおつか》までは、20分《ぷん》くらいかかる予定《よてい》だった。

この間《あいだ》に調《しら》べておこうかな……。

ぼくはポケットからケータイを取《と》りだし、「あるサイト」にアクセスした。

ひろみちゃんと電話《でんわ》していた時《とき》は、「がんばれば絶対《ぜったい》に見《み》つけられる」なんて言《い》っていたけど、あとでネットを調《しら》べてみたら、とってもいいサイトを発見《はっけん》したんだ。

ぼくはケータイの画面《がめん》に何度《なんど》か触《ふ》れて、目標《もくひょう》の電車《でんしゃ》について調《しら》べた。

おっ！　これはちょうどいいかも。

サイトを調《しら》べたぼくはちょっとよろこんだ。

# しあわせのつり革《かわ》

大塚《おおつか》には、13時《じ》36分《ぷん》に到着《とうちゃく》。

大塚駅《おおつかえき》は、山手線《やまのてせん》の外回《そとまわ》りと内回《うちまわ》りの線路《せんろ》にはさまれた、島式《しましき》のホーム。

ぼくらは階段《かいだん》をおりて北口《きたぐち》から出《で》た。

「あんなところにも線路《せんろ》があるわ」

ひろみちゃんは、目《め》の前《まえ》にあるトンネルを指《ゆび》さす。

山手線《やまのてせん》はコンクリート製《せい》の高架《こうか》の上《うえ》を走《はし》っているんだけど、その下《した》はトンネルになっていて、線路《せんろ》が交差《こうさ》するように通《とお》っていた。

「これは都電荒川線《とでんあらかわせん》だよ」

「「都電荒川線《とでんあらかわせん》？」」

二人《ふたり》が同時《どうじ》に振《ふ》り向《む》く。

「荒川区《あらかわく》の三ノ輪橋停留場《みのわばしていりゅうじょう》から、新宿区《しんじゅくく》の早稲田停留場《わせだていりゅうじょう》までの12・2㎞を走《はし》る、東京都交通局《とうきょうとこうつうきょく》の路面電車《ろめんでんしゃ》だよ」

「へぇ～。これが路面電車《ろめんでんしゃ》なのね」

ひろみちゃんはめずらしいものを見《み》るように、しげしげと線路《せんろ》を見《み》つめる。

「路面電車《ろめんでんしゃ》っていっても、荒川線《あらかわせん》は道路《どうろ》とは並走《へいそう》しない『専用軌道《せんようきどう》』の部分《ぶぶん》が多《おお》いから、飛鳥山近辺《あすかやまきんぺん》くらいしか道路《どうろ》の上《うえ》を走《はし》るのは見《み》られないんだけどね」

山手線高架下《やまのてせんこうかした》のトンネル内《ない》は、荒川線《あらかわせん》の停留場《ていりゅうじょう》になっていて、天井《てんじょう》からは「大塚駅前《おおつかえきまえ》」って駅名看板《えきめいかんばん》が吊《つ》り下《さ》げられていた。

ちなみに普通《ふつう》の鉄道《てつどう》の場合《ばあい》、列車《れっしゃ》が停《と》まる場所《ばしょ》は「駅《えき》」だけど、路面電車《ろめんでんしゃ》の時《とき》は「停留場《ていりゅうじょう》」、または路面電車停留場《ろめんでんしゃていりゅうじょう》を略《りゃく》した「電停《でんてい》」って呼《よ》ばれるんだ。

大塚駅前停留場《おおつかえきまえていりゅうじょう》には、オレンジの車両《しゃりょう》がポツンと1両停車《りょうていしゃ》していたけど、ぼくらが近《ちか》づいていくと、ゆっくりと動《うご》きだした。

グゥオオオオン……。

「うわぁ～！　かわいい電車《でんしゃ》」

ニカッとほほえんだあゆみちゃんが、楽《たの》しそうに胸《むね》の前《まえ》でパチンと手《て》をたたく。

その気持《きも》ちはよくわかる。

路面電車《ろめんでんしゃ》は一両編成《りょうへんせい》で、車体《しゃたい》も短《みじか》いから、どことなくユーモラス。

それに周囲《しゅうい》の車《くるま》やバスの状況《じょうきょう》に合《あ》わせて走《はし》るから、ピュンと走《はし》りださずにトコトコって動《うご》くところがかわいく見《み》えるんだ。

ぼくらは、電車《でんしゃ》のいなくなった大塚駅前停留場《おおつかえきまえていりゅうじょう》へ歩《ある》いていく。

大塚駅前停留場《おおつかえきまえていりゅうじょう》のホームは、二本《ほん》の上下線《じょうげせん》をまんなかにはさむ相対式《そうたいしき》。

ホームの端《はし》には、電車《でんしゃ》に乗《の》りやすくするために、四、五段程度《だんていど》の階段《かいだん》がついていた。

ぼくはケータイでもう一度《いちど》、さっきのサイトにアクセスして、目標《もくひょう》の電車《でんしゃ》がどこからやってくるかをチェックする。よし、三ノ輪橋《みのわばし》からだな。

そこで、ぼくらは早稲田行《わせだいき》の停留場《ていりゅうじょう》のほうに並《なら》ぶ。

「それで……ここでなにをするんですか？」

今日《きょう》、ここでなにをするのか、あゆみちゃんにはヒミツだったんだ。

ぼくは右手《みぎて》の人差《ひとさ》し指《ゆび》をビシッと立《た》てて、大《おお》きな声《こえ》で言《い》った。

「しあわせのつり革《かわ》を探《さが》すんだ！」

あゆみちゃんは、「まぁ」と驚《おどろ》いたように、右手《みぎて》を口《くち》もとにそっとあてる。

「しあわせのつり革《かわ》？　それはどういうものなのですか」

「都電荒川線《とでんあらかわせん》には『ハート形《がた》のつり革《かわ》』がついている車両《しゃりょう》が、たった1両《りょう》だけあるんだよ」

「ハート形《がた》のつり革《かわ》!?」

あゆみちゃんの目《め》がほんのすこし大《おお》きくなった。

「そのつり革《かわ》を見《み》つけられたら、〝幸運《こううん》がおとずれるかも……〟って言《い》われているんだ」

ひろみちゃんの目《め》が☆《ほし》になる。

「絶対《ぜったい》、私《わたし》たちにも幸運《こううん》がおとずれるよっ！」

「それはいいねっ！」

目《め》を合《あ》わせた二人《ふたり》はほほえみあい、うれしそうにピョンと一回跳《いっかいは》ねた。

だけど、あゆみちゃんはすぐに心配《しんぱい》そうな顔《かお》をする。

「……でもぉ」

「でも？」

「都電荒川線《とでんあらかわせん》には全部《ぜんぶ》で何両《なんりょう》くらい、電車《でんしゃ》が走《はし》っているんですか？」

それは昨日《きのう》ホームページを見《み》て調《しら》べておいたんだ。

「だいたい……36両《りょう》くらいだよ」

「そんなにあるのですか!?」

あゆみちゃんは今日一番《きょういちばん》の驚《おどろ》きを見《み》せて、両手《りょうて》で小《ちい》さな口《くち》をはっとふさいだ。

「だから、普通《ふつう》に乗《の》ると、ハートのつり革《かわ》に当《あ》たる確率《かくりつ》は、2.8%《パーセント》くらいになっちゃう」

「……たった、2.8%《パーセント》」

あゆみちゃんがガックリと肩《かた》を落《お》とすのを見《み》て、ひろみちゃんはキッと厳《きび》しい目《め》をぼくに向《む》ける。

「ちょっと、翼《つばさ》！　そんなんじゃかんたんに見《み》つからないじゃない！」

「だから、〝がんばれば絶対《ぜったい》に見《み》つけられる〟って言《い》ったじゃん」

「それは……そうだけど……」

ひろみちゃんは不満《ふまん》そうに口《くち》をとがらせた。

「でも、それじゃ鉄道《てつどう》ファンのぼくがいる意味《いみ》がないからねっ！」

ぼくはポケットからケータイを取《と》りだしてジャーンと見《み》せた。

「実《じつ》は『都電運行情報《とでんうんこうじょうほう》サービス』ってサイトがあって、そこに探《さが》したい車両《しゃりょう》の番号《ばんごう》を入《い》れると、今《いま》、どこを走行《そうこう》しているか、すぐにわかるんだよねぇ」

「「そっ、そうなの!?」」

二人《ふたり》は、ケータイにおおいかぶさるように前《まえ》のめりになる。

「都電荒川線《とでんあらかわせん》は、ハートのつり革《かわ》がつけられている電車《でんしゃ》の車号《しゃごう》は『８８０１』って決《き》めら

れているから、この番号《ばんごう》をホームページに打《う》ちこむ……」

ぼくがカッカッと入力《にゅうりょく》すると、８８０１号車《ごうしゃ》は三ノ輪橋方面《みのわばしほうめん》から大塚《おおつか》へ近《ちか》づいていた。

車体《しゃたい》がピンクに塗《ぬ》られた早稲田行《わせだいき》の電車《でんしゃ》が、大《おお》塚駅前停留場《つかえきまえていりゅうじょう》へ入《はい》ってくる。

「あの車両《しゃりょう》にハートのつり革《かわ》があるよ」

「ほっ、本当《ほんとう》に？」

ポカーンと口《くち》を開《ひら》いていた二人《ふたり》の前《まえ》に、ピンクの車両《しゃりょう》が停車《ていしゃ》する。

「二人《ふたり》とも！　こっちだよ」

ぼんやりしている二人《ふたり》をつれて前扉《まえとびら》へと走《はし》り、一人《ひとり》90円《えん》を払《はら》って中《なか》へと乗《の》りこむ。

両側《りょうがわ》に青《あお》いロングシートが並《なら》ぶ車内《しゃない》を中間《ちゅうかん》まで歩《ある》いていくと、そこにはハート形《がた》のピンクのつり革《かわ》が吊《つ》られていた。

「「すごぉおおい！」」

目《め》をキラキラさせてながら驚《おどろ》く二人《ふたり》は、ぼくを尊敬《そんけい》のまなざしで見《み》つげた。

「さっすが〜翼《つばさ》！」

「本当《ほんとう》にすごい人《ひと》なんですね……、翼《つばさ》くん」

二人《ふたり》にほめられたぼくは、ちょっと恥《は》ずかしくなって顔《かお》がまっ赤《か》になる。

「ぼくは単《たん》に鉄道《てつどう》が好《す》きなだけだから……」

「よしっ、あゆみ！　思《おも》い出《で》に写真《しゃしん》を撮《と》ろう！」

あゆみちゃんは「うん」とうなずいて、ひろみちゃんとケータイで写真《しゃしん》を撮《と》りはじめた。

ハートのつり革《かわ》は一人《ひとり》だと持《も》ちにくいけど、二人《ふたり》で両側《りょうがわ》からにぎるとピッタリだった。

# 第《だい》4話《わ》

## \絶体絶命《ぜったいぜつめい》！/
## 新幹線《しんかんせん》をつかまえろ!!!!

# ひろみちゃんと初《はつ》もうで

ピュユユウ〜!!

季節《きせつ》はすっかり冬《ふゆ》。頬《ほお》を冷《つめ》たい風《かぜ》がすりぬけていく。

クリスマス、大《おお》そうじなんかの年末《ねんまつ》のドタバタが終《お》わったと思《おも》ったら、あっというまにお正月《しょうがつ》。

ぼくとひろみちゃんは、月《つき》に一回《いっかい》くらい、電車《でんしゃ》でどこかへ遊《あそ》びにいくようになっていた。

親友《しんゆう》のあゆみちゃんとも、遊《あそ》ぶようになったんだけど、あゆみちゃんはお正月《しょうがつ》が明《あ》けた、一月《がつ》三日《みっか》に引《ひ》っこし先《さき》へ行《い》ってしまうってことだった。

東京駅《とうきょうえき》であゆみちゃんを見送《みおく》るため、ぼくらは、一月《がつ》三日《みっか》に会《あ》うことにした。

今日《きょう》のまちあわせは、山手線《やまのてせん》の原宿駅前《はらじゅくえきまえ》に朝《あさ》の9時半《じはん》。

もちろん、ぼくはすこし前《まえ》の9時《じ》15分《ふん》には着《つ》いて、ひろみちゃんを待《ま》っていた。

新幹線《しんかんせん》に乗《の》って引《ひ》っこすあゆみちゃんは東京駅《とうきょうえき》から出発《しゅっぱつ》するから、原宿《はらじゅく》なんか山手線《やまのてせん》で正反対《せいはんたい》の位置《いち》。

ぼくらは、あゆみちゃんにお別《わか》れのプレゼントを買《か》うために、ここへ来《き》たんだ。

今日《きょう》のぼくは、ダウンジャケットを着《き》てきた。本体《ほんたい》がグレーで、そでが黒《くろ》くなっている。

「さすがにお正月《しょうがつ》は寒《さむ》いなぁ〜」

それでもすこし寒《さむ》かったぼくは、自分《じぶん》を抱《だ》くようにして腕《うで》を組《く》み、肩《かた》をブルッとふるわせる。

原宿駅《はらじゅくえき》のスピーカーからは、お正月《しょうがつ》らしい琴《こと》と笛《ふえ》でかなでる「ぴ〜ひゃら〜♪」みたいな日本《にほん》の伝統的《でんとうてき》な音楽《おんがく》がずっと流《なが》されていた。

やっぱりお正月《しょうがつ》だからかなぁ〜?

朝早《あさはや》い時間《じかん》なのに、たくさんの人《ひと》が表参道口《おもてさんどうぐち》から出《で》てくる。

いつもは見《み》ないような着物《きもの》を着《き》た女《おんな》の人《ひと》も、お正月《しょうがつ》ってことでたくさん歩《ある》いている。

表参道口《おもてさんどうぐち》を出《で》てすぐの橋《はし》の向《む》こうに、大《おお》きな森《もり》がある。明治神宮《めいじじんぐう》のお社《やしろ》はその中《なか》にあって、初《はつ》もうでへ行《い》くために大《おお》ぜいの人《ひと》が歩《ある》いている。

改札口《かいさつぐち》から飛《と》びだしてきたひろみちゃんが、ぼくのすぐ前《まえ》まで走《はし》ってきた。

ひろみちゃんも、今日《きょう》はあたたかそうなファッションだ。ハート柄《がら》のついたオレンジのセーターを着《き》ている。

でも、下《した》はチェックのミニスカートに黒《くろ》いロングブーツってところが、元気《げんき》いっぱいのひろみちゃんぽい。

ぼくの目《め》の前《まえ》で、右手《みぎて》をピシッと元気《げんき》よくあげた。

「おはよっ！　翼《つばさ》」

新年《しんねん》で初《はじ》めて会《あ》ったんだから……「おはよう」じゃないよ。

ぼくはペコリと頭《あたま》をさげた。

「あけまして、おめでとうございます」

そこで、やっと気《き》がついたひろみちゃんも、カッと顔《かお》を赤《あか》くしてあわてて頭《あたま》をさげる。

「ああっ、あけましてっ！　おめでとう！」

おたがいに頭《あたま》をさげる時《とき》は、体《からだ》をすこし離《はな》しておかないとダメ。

ガッチ———ン!!

顔《かお》をあげかけていたぼくの後頭部《こうとうぶ》と、ひろみちゃんのおでこがゴッツンとぶつかる。

「痛《いた》っ！」

「きゃっ！」

ぼくらはさっと離《はな》れて、ひろみちゃんはおでこ、ぼくは頭《あたま》の後《うし》ろをなでた。

「もう！　気《き》をつけてよっ、翼《つばさ》」

「今《いま》のはひろみちゃんが悪《わる》いんじゃないの？」

目《め》をあわせたぼくらは、最初《さいしょ》はじぃぃとにらみあっていたけど、すぐにアッハハと思《おも》いきり笑《わら》いあった。

なんだか、ぼくらはいつもこんな感《かん》じ。

ぶつかって怒《おこ》って笑《わら》って泣《な》いて、いっつも全速力《ぜんそくりょく》で遊《あそ》んでいるんだ。

「今年《ことし》もよろしくおねがいします」

ぼくがほほえむと、ひろみちゃんはキレイな髪《かみ》を後《うし》ろへはらいながら笑《わら》う。

「うん、私《わたし》もよろしくおねがいします」

「それじゃ、明治神宮《めいじじんぐう》へ行《い》こうか」

ぼくらは、並《なら》んで歩《ある》きだした。


「本当《ほんとう》に人《ひと》がいっぱいいねぇ〜」

ひろみちゃんは、目《め》を丸《まる》くして人《ひと》ごみを見《み》つめる。

「明治神宮《めいじじんぐう》は〝正月《しょうがつ》の参拝者日本一《さんぱいしゃにほんいち》〟なんて言《い》われている、大人気《だいにんき》の神社《じんじゃ》だからね」

「へ〜日本一《にほんいち》なの。そりゃいっぱいになるわけだぁ」

いつもなら、竹下通《たけしたどお》りに行《い》くお客《きゃく》さんのほうが多《おお》いんだろうけど、今日《きょう》はみんな明治神《めいじじん》宮《ぐう》に行《い》くからゾロゾロと右《みぎ》へと曲《ま》がって石橋《いしばし》をわたっていく。

すると目《め》の前《まえ》に巨大《きょだい》な鳥居《とりい》が見《み》えてくる。その先《さき》の、うっそうとした森《もり》へ向《む》かって幅広《はばひろ》い参道《さんどう》が続《つづ》く。

ぼくらは神《かみ》さまに「おじゃまします」と頭《あたま》をさげてから鳥居《とりい》をくぐる。

参道《さんどう》には細《こま》かいジャリがしかれていて、参拝客《さんぱいきゃく》のみんなが歩《ある》くたびに、ジャジャって音《おと》が聞《き》こえてきた。

ぼくはそんな参道《さんどう》を歩《ある》きながら、ひろみちゃんに聞《き》く。

「あゆみちゃんって、今日《きょう》の東京《とうきょう》13時《じ》16分発《ぷんはつ》の『Ｍａｘ《マックス》とき３６９号《ごう》』に乗《の》って、引《ひ》っこし先《さき》に行《い》くんだっけ？」

ひろみちゃんは、前《まえ》を向《む》いたまま、少《すこ》ししずんだ感《かん》じでこたえる。

「そうよ。冬休《ふゆやす》みの間《あいだ》に向《む》こうへ行《い》って、三学期《がっき》から新《あたら》しい学校《がっこう》へ通《かよ》う、って……」

前《まえ》に都電荒川線《とでんあらかわせん》に三人《にん》で乗《の》ったときに、その話《はなし》はすこし聞《き》いていた。

「お父《とう》さんの仕事《しごと》の都合《つごう》だったっけ？」

「あゆみのパパって建設会社《けんせつがいしゃ》に勤《つと》めてるのよ。今《いま》までは東京周辺《とうきょうしゅうへん》の高層《こうそう》ビルを建《た》てていたんだけど、今度《こんど》、地方《ちほう》でリゾートホテルを建《た》てることになったんだって」

「へぇ〜建設会社《けんせつがいしゃ》かぁ」

ぼくは、そういう仕事《しごと》にも興味《きょうみ》がある。

鉄道《てつどう》には線路以外《せんろいがい》にも鉄橋《てっきょう》やトンネル、駅《えき》ビルなんかの建築物《けんちくぶつ》がいっぱいあって、ぼくはそういうものも好《す》きなんだ。

北海道《ほっかいどう》と青森県《あおもりけん》をつなぐ海底《かいてい》トンネルや、岡山《おかやま》から香川《かがわ》へと続《つづ》く瀬戸大橋《せとおおはし》。

多《おお》くの人《ひと》がよろこんでくれる、ダイナミックな建築物《けんちくぶつ》を造《つく》ってみたいよね。

鉄道《てつどう》は運転《うんてん》したり、車両《しゃりょう》をデザインしたり、アテンダントさんになったり、車両整備《しゃりょうせいび》をしたりといろいろあると思《おも》うけど、ぼくはこういうことも「いいなぁ」って思《おも》うんだ。

「それで、引《ひ》っこし先《さき》はどこなの？」

「越後湯沢《えちごゆざわ》……」

てことは、新潟県《にいがたけん》か。

「だったら、東京《とうきょう》から1時間半《じかんはん》くらいだね」

「えっ、1時間半《じかんはん》!?」

ひろみちゃんは、驚《おどろ》いてぼくのほうを振《ふ》り向《む》いた。

「越後湯沢《えちごゆざわ》なんて、上越新幹線《じょうえつしんかんせん》に乗《の》れば、ビュンだよ」

ぼくは右手《みぎて》を新幹線《しんかんせん》に見立《みた》てて、右《みぎ》から左《ひだり》へ動《うご》かした。

「そんなに近《ちか》いんだぁ～」

なんとなく上《うわ》の空《そら》みたいに、ぼんやりしているひろみちゃんの前《まえ》に出《で》て、ぼくは両手《りょうて》を広《ひろ》げて笑《わら》いかける。

「だから、会《あ》いたくなったら、パッと遊《あそ》びにいけばいいじゃん！」
すると、ひろみちゃんの顔《かお》はパァァと明《あか》るくなってくる。
「うん！　私《わたし》、あゆみに会《あ》いにいく！」

ひろみちゃんは、地面《じめん》をぐっとふみしめて、右手《みぎて》を拳《こぶし》にしてグッと力《ちから》を入《い》れた。

「そうだよ！　線路《せんろ》さえつながっていれば、ぼくらはいつでも会《あ》えるんだからさ」

ぼくはビッと右手《みぎて》の親指《おやゆび》をあげる。

「そうだねっ！　そうよっ！　電車《でんしゃ》にさえ乗《の》ればいいんだもんねっ！」

ひろみちゃんはニッコニッコの笑顔《えがお》を見《み》せた。


道《みち》なりに進《すす》むと本殿前《ほんでんまえ》に最後《さいご》の鳥居《とりい》があって、その左《ひだり》には手水舎《ちょうずや》と呼《よ》ばれるお水《みず》が出《で》ている場所《ばしょ》がある。そこで、両手《りょうて》を洗《あら》って口《くち》をゆすぐ。

「明治神宮《めいじじんぐう》でなにを買《か》うの？」

ハンカチで口《くち》もとをふきながら、ひろみちゃんは答《こた》える。

「おねがいごとをして、『相和守《そうわまもり》』ってお守《まも》りを買《か》おうと思《おも》って……」

「相和守《そうわまもり》？」

「とっても仲《なか》がよかった夫婦《ふうふ》の神《かみ》さまのお守《まも》りで、二《ふた》つで一組《ひとくみ》になっているの。だから、私《わたし》とあゆみで半分《はんぶん》ずつ持《も》とうかなぁ……と思《おも》って」

ひろみちゃんは頬《ほお》をすこし赤《あか》くした。

「それはいいね。きっと、あゆみちゃんもよろこぶよ」

本殿《ほんでん》の前《まえ》には大《おお》きな白《しろ》い布《ぬの》が広《ひろ》げられていた。

いつもなら本殿前《ほんでんまえ》には小《ちい》さな賽銭箱《さいせんばこ》があるんだけど、今日《きょう》はたくさんの参拝者《さんぱいしゃ》がいるから、みんなが入《い》れやすいように、これが賽銭箱代《さいせんばこが》わりってこと。

白《しろ》い布《ぬの》の前《まえ》に立《た》って小銭《こぜに》を投《な》げ入《い》れた人《ひと》は、両手《りょうて》を合《あ》わせてお祈《いの》りをしていた。

「翼《つばさ》、近《ちか》くまで行《い》くわよっ！」

目《め》をキランと輝《かがや》かせたひろみちゃんは、人《ひと》ごみの間《あいだ》をぬって前《まえ》へ進《すす》む。

「そっ、そんなに前《まえ》まで行《い》かなくても、ここらへんから投《な》げれば届《とど》くんじゃない？」

ぼくが弱気《よわき》なことを言《い》うと、ひろみちゃんはするどい目《め》つきで振《ふ》りかえる。

「遠《とお》くちゃ、神《かみ》さまにおねがいごとが聞《き》こえないでしょ！」

「そっ、そうなの？」

「そうよっ！」

グイグイと本殿《ほんでん》へ近《ちか》づくひろみちゃんの背中《せなか》だけを見《み》て、ぼくは後《うし》ろからついていく。

神《かみ》さまってすごい人《ひと》なんだから、前《まえ》の人《ひと》の声《こえ》しか聞《き》こえないってことないと思《おも》うけどなぁ〜。

そんなことを考《かんが》えながら本殿《ほんでん》に、あと5メートルくらいってところまで近《ちか》づくと、まわりは参拝客《さんぱいきゃく》でギュウギュウ。

ぼくらの前《まえ》には同《おな》じ歳《とし》くらいの、着物《きもの》を着《き》た女《おんな》の子《こ》が二人並《ふたりなら》んで立《た》っていた。

なんだろう……すごく真剣《しんけん》だなぁ。

二人《ふたり》は目《め》を閉《と》じて、超魔法《ちょうまほう》を発動《はつどう》させるような気迫《きはく》を放《はな》っていた。

「ここからなら大丈夫《だいじょうぶ》ねっ！」

すでに準備《じゅんび》が終《お》わっていたひろみちゃんは、右手《みぎて》を高《たか》く振《ふ》った。

放《はな》たれたお賽銭《さいせん》は、キラキラと光《ひか》りながら山《やま》なりに飛《と》んでいく。

うわっ、ぼくも早《はや》く投《な》げなきゃ！

あせったぼくがさいふから10円玉《えんだま》一枚《まい》と5円玉《えんだま》一枚《まい》を取《と》りだして、右手《みぎて》にギュッとにぎり大《おお》きくふりかぶったときだった。

「よっしゃ、これでねがいかなうやろっ！」

お祈《いの》りしていた女《おんな》の子《こ》のうち、白《しろ》っぽい着物《きもの》を着《き》ていた子《こ》がクルンって振《ふ》りかえった。

竹《たけ》トンボのように勢《いきお》いよく回《まわ》ったおかげで、長《なが》い振《ふり》そでがぼくの顔《かお》にペチンと当《あ》たる。

「うわぁ～」

ぼくはバランスを崩《くず》して後《うし》ろにたおれ、ひろみちゃんが素早《すばや》くパシッと受《う》け止《と》める。

「翼《つばさ》！　なにやってんのよ!?」

横《よこ》に立《た》っていた男《おとこ》の子《こ》が、回《まわ》った着物《きもの》の女《おんな》の子《こ》の肩《かた》をつかむ。

「ちょっと、萌《もえ》！　あぶないじゃないか」

着物《きもの》を着《き》た女《おんな》の子《こ》は、心配《しんぱい》そうにぼくの顔《かお》をのぞきこんできた。

「あっ！　ごめんな。大丈夫《だいじょうぶ》かぁ？　ケガなかったぁ？」

女《おんな》の子《こ》はすまなそうにあやまりながら、白《しろ》い振《ふり》そでから白《しろ》い手《て》をさしだした。

「あっ、はい……大丈夫《だいじょうぶ》です」

背中《せなか》をささえていたひろみちゃんが、グッと前《まえ》へ押《お》しかえす。

「翼《つばさ》、ぼおっとしてるから」

「ごめんなさい。ぼく、ボンヤリしていたものだから……」

ぼくは頭《あたま》をさげながら、前《まえ》に立《た》っている男《おとこ》の子《こ》の顔《かお》を見《み》た。

「「あ――――!!」」

ぼくもその男子《だんし》もお互《たが》い、顔《かお》を指《ゆび》でさしあう。

「ゆっ、雄太《ゆうた》さんじゃないですか!?」

ぼくがあこがれている、T3《ティースリー》の高橋雄太《たかはしゆうた》さんだった!

「つっ、翼《つばさ》くん?」

と、雄太《ゆうた》さんも驚《おどろ》いている。

よく見《み》ると、横《よこ》には同《おな》じT3《ティースリー》の的場大樹《まとばたいき》さん、今野七海《こんのななみ》さんもいる。

大樹《たいき》さんは大人《おとな》っぽい黒《くろ》いトレンチコートの前《まえ》を開《ひら》いて着《き》ていて、間《あいだ》からはグレーのスーツが見《み》えていた。

七海《ななみ》さんは花《はな》の模様《もよう》の入《はい》った鮮《あざ》やかなピンクの振《ふ》りそで姿《すがた》だ。

まさか、こんな場所《ばしょ》でT3《ティースリー》のみなさんに会《あ》えるなんて！

ぼくは正月早々《しょうがつそうそう》に起《お》きた奇跡《きせき》に感動《かんどう》した。

他《ほか》の参拝客《さんぱいきゃく》のじゃまにならないように、一度《いちど》わかれてお参《まい》りをしてから、ぼくらはふたたび合流《ごうりゅう》した。

「うわ～久《ひさ》しぶりね。元気《げんき》だった？　翼《つばさ》くん！」

「おぉ～北斗星《ほくとせい》の時《とき》の……、こんな偶然《ぐうぜん》あるんですね」

七海《ななみ》さんと大樹《たいき》さんがニコリと笑《わら》って話《はな》しかけてくれる。

そして、一人《ひとり》だけ知《し》らなかった白《しろ》い着物《きもの》の女《おんな》の子《こ》を雄太《ゆうた》さんは指《さ》した。

「こっちはぼくのいとこで、川勝萌《かわかつもえ》」

萌《もえ》さんは、両手《りょうて》をピンとのばして、ゆっくり頭《あたま》をさげた。

「川勝萌《かわかつもえ》ですぅ。よろしゅう」

わぁ～京都弁《きょうとべん》かなぁ。まるで舞子《まいこ》さんみたいに、おしとやかだなぁ。

ぼくも、ひろみちゃんをT《ティー》3《スリー》に紹介《しょうかい》する。

「はじめまして、萌《もえ》さん。ぼくは中村翼《なかむらつばさ》！　そして、こっちが最近鉄道《さいきんてつどう》をつうじて知《し》りあった友《とも》だちで、小倉《おぐら》ひろみちゃん」

ひろみちゃんはツンとした顔《かお》で、長《なが》いツインテールの髪《かみ》を後《うし》ろへはらった。

「翼《つばさ》とは〜〜まだそんなに友《とも》だちじゃないんだけど」

とつぜんのびっくり宣言《せんげん》に、ぼくは思《おも》いきり動揺《どうよう》する。

「え〜、友《とも》だちじゃないのぉぉ!?」

ショックのあまり、ちょっと目《め》がウルウルしてくる。

「とっ、友《とも》だちじゃないとは言《い》ってないでしょ！　まだ、そんなにって言《い》ったのよっ！」

それはそれで、ガーーーン！

心臓《しんぞう》はドキドキして、こんなに寒《さむ》いのに額《ひたい》と目《め》から汗《あせ》が流《なが》れだしそうになる。

「えええっ〜それほどでもないのぉぉ!?」

「今《いま》はそうじゃないけど……これからはわからないっていうか……その……」

口《くち》をとがらせたひろみちゃんは、顔《かお》をすこし斜《なな》めに向《む》けた。

「それで、中村《なかむら》くんたちも初《はつ》もうでですか？」

大樹《たいき》さんがぼくに聞《き》いた。

「うん。ひろみちゃんのお友《とも》だちにわたすお守《まも》りも買《か》わないといけないんだ！」

「お守《まも》りですか？」

「明治神宮《めいじじんぐう》には『相和守《そうわまもり》』ってお守《まも》りがあるんだよ」

さっきひろみちゃんに聞《き》いた説明《せつめい》をすると、大樹《たいき》さんは黒《くろ》い手帳《てちょう》をパタンと開《ひら》く。

「『お互《たが》いいつまでも、いつくしむ心《こころ》を忘《わす》れないで』って思《おも》いが、こめられているとか……」

そのとたん、七海《ななみ》さんは目《め》を☆《ほし》にしてもりあがり、思《おも》いっきりの勘違《かんちが》い。

「えーーっ!!　ロマンチック〜。それを翼《つばさ》くんとひろみちゃんで持《も》つの？」

「違《ちが》います。それは今日《きょう》引《ひ》っこす、私《わたし》の親友《しんゆう》の女《おんな》の子《こ》にあげるんです」

ひろみちゃんはブスっとして答《こた》えて、左手《ひだりて》にはめた小《ちい》さな腕時計《うでどけい》をチラリと見《み》て、ぼくの肩《かた》をポンポンとたたいた。

「翼《つばさ》！　急《いそ》がないとっ」

そっか、ほかにもよるところがあるんだった。

ぼくはT3《ティースリー》のみんなに向《む》かって手《て》をあげた。

「じゃあ、雄太《ゆうた》さん、また！」

「今度《こんど》はT3《ティースリー》のみんなといっしょに、電車《でんしゃ》に乗《の》りにいこうよ！」

大《おお》きな声《こえ》で「はい！」と返事《へんじ》したぼくは、左右《さゆう》に大《おお》きく手《て》を振《ふ》りながらT3《ティースリー》と別《わか》れた。

本殿《ほんでん》から離《はな》れて、社務所《しゃむしょ》という売店《ばいてん》みたいなところで相和守《そうわまもり》を一《ひと》つ買《か》う。

社務所《しゃむしょ》には白《しろ》い着物《きもの》に赤《あか》いはかまをはいた巫女《みこ》さんがいて、お守《まも》りを受《う》け取《と》ると「おめでとうございます」って言《い》ってくれた。

時刻《じこく》はまだ10時半《じはん》くらい。見送《みおく》りまではまだたっぷり時間《じかん》がある。

ぼくらは原宿《はらじゅく》から神保町《じんぼうちょう》に行《い》く。

ひろみちゃんが「あゆみに本《ほん》をプレゼントしたい」と言《い》ってたので、本屋《ほんや》さんのいっぱいある街《まち》に向《む》かうんだ。

## 緊急事態《きんきゅうじたい》、発生《はっせい》

神保町《じんぼうちょう》は、原宿駅《はらじゅくえき》の横《よこ》にある明治神宮前駅《めいじじんぐうまええき》から、東京《とうきょう》メトロ千代田線《ちよだせん》に乗《の》って表参道《おもてさんどう》へ行《い》き、そこで半蔵門線《はんぞうもんせん》に乗《の》りかえて五《いつ》つ目《め》。

「うわぁ～すごい！　本屋《ほんや》さんの町《まち》だ━━っ!!」

初《はじ》めて神保町《じんぼうちょう》へやってきたひろみちゃんは、地下《ちか》から地上《ちじょう》へ出《で》た瞬間《しゅんかん》、すっごくよろこんだ。

神保町《じんぼうちょう》には、一《ワン》フロアいっぱいに鉄道《てつどう》の本《ほん》を置《お》いている本屋《ほんや》さんもあって、ぼくはよく父《とう》さんといっしょに行《い》ってぶ厚《あつ》い鉄道本《てつどうぼん》を買《か》ってもらったりするんだ。

「あゆみちゃんは本《ほん》が好《す》きなの？」

「いつもバッグに小《ちい》さな本《ほん》を入《い》れていて、すこしでも時間《じかん》があったら読《よ》んでるよ」

「そうなんだ。どんな本《ほん》が好《す》きなのかな？」

ひろみちゃんは腕《うで》を組《く》んで「う〜ん」って考《かんが》える。

「ファンタジー系《けい》かな？　魔法使《まほうつか》いや騎士《きし》やドラゴンが出《で》てくるようなお話《はなし》が好《す》きみたい」

「そっか……じゃあ、あの書店《しょてん》へ行《い》ってみよっか」

神保町《じんぼうちょう》の交差点《こうさてん》から見《み》えていた、ぼくもよく行《い》く六階建《ろっかいだ》ての全《ぜん》フロアが本屋《ほんや》さんのビルへと向《む》かうことにした。

ぼくらはその書店《しょてん》以外《いがい》にも、いろいろな本屋《ほんや》さんをまわって、あゆみちゃんが好《す》きそうな海外《かいがい》の子供《こども》向《む》け小説《しょうせつ》を見《み》つけた。

プレゼント用《よう》にラッピングもしてもらったりしていたら、意外《いがい》と時間《じかん》がかかっちゃった。

ぼくらは早足《はやあし》で神保町《じんぼうちょう》の交差点《こうさてん》までもどって、階段《かいだん》をおり都営新宿線《とえいしんじゅくせん》の改札口《かいさつぐち》を通《とお》る。

そこで時計《とけい》を見《み》ると、12時半《じはん》すこし前《まえ》。

だけど、東京駅《とうきょうえき》までなら15分《ふん》もあれば着《つ》くから、あゆみちゃんの乗《の》る13時《じ》16分発《ぷんはつ》のMax《マックス》とき369号《ごう》には余裕《よゆう》で間《ま》にあう。

やがて、新宿方面《しんじゅくほうめん》から本八幡行《もとやわたいき》の普通列車《ふつうれっしゃ》がやってくる。

車両《しゃりょう》は新型《しんがた》の10―300形《がた》で、銀《ぎん》の車体《しゃたい》に黄緑《きみどり》のラインが横《よこ》に入《はい》り、正面《しょうめん》はすこし丸《まる》くなっていた。

扉《とびら》が開《ひら》いて中《なか》へ入《はい》ると、新型《しんがた》だからピカピカで、ひろびろとしている。

ぼくらは背《せ》もたれが黄色《きいろ》、座面《ざめん》が緑《みどり》のロングシートに並《なら》んで座《すわ》った。

すぐに扉《とびら》が閉《し》まり、電車《でんしゃ》は暗《くら》いトンネルを走《はし》りだす。

窓《まど》には、トンネル内《ない》の白《しろ》い灯《あか》りが前《まえ》から現《あらわ》れては、後《うし》ろへ向《む》かってすごいスピードで消《き》えていく。

ひろみちゃんは、ひざの上《うえ》にラッピングされた本《ほん》を大事《だいじ》そうに載《の》せる。

「あゆみ、気《き》にいってくれるかな？」

「大丈夫《だいじょうぶ》だよ。ひろみちゃんが一所懸命《いっしょけんめい》選《えら》んだ本《ほん》なんだから」

ぼくが笑《わら》うと、ひろみちゃんはすこし照《て》れた。

「そっ……そうだといいな」

その時《とき》だった。

ギィイイイイイイイイイイイイイイイン！

本八幡行《もとやわたいき》の普通列車《ふつうれっしゃ》は大《おお》きなブレーキ音《おん》をあげた。

「きゃぁぁ！」

突然《とつぜん》のブレーキのおかげで前《まえ》へ向《む》かって大《おお》きな力《ちから》が働《はたら》き、ひろみちゃんはぼくのほうに倒《たお》れてきた。

ぼくはさっと両手《りょうて》を出《だ》して肩《かた》を受《う》け止《と》める。

「大丈夫《だいじょうぶ》？」

「あっ……ありがとう」

すこし乱《みだ》れた髪《かみ》をひろみちゃんは手《て》ぐしでもどしながら言《い》った。

そのまま、電車《でんしゃ》は暗《くら》いトンネル内《ない》でピッタリと停車《ていしゃ》してしまった。

「どうしたのかしら？」

「さぁ～なんだろうね？」

地下鉄《ちかてつ》だから窓《まど》に顔《かお》をよせて外《そと》を見《み》ても、状況《じょうきょう》はよくわからない。

《停止信号《ていししんごう》です。しばらくおまちください》

すぐに車内放送《しゃないほうそう》がされるが、細《こま》かいことは教《おし》えてくれなかった。

1分《ぷん》、2分《ふん》、5分《ふん》……。

時間《じかん》が刻々《こくこく》とすぎていく。

《現在状況《げんざいじょうきょう》を確認《かくにん》しております。お急《いそ》ぎのお客《きゃく》さまには大変《たいへん》もうしわけございませんが、今《いま》しばらくおまちください》

車掌《しゃしょう》さんが追加情報《ついかじょうほう》を流《なが》してくれる。

だけど、すぐには動《うご》かない。

「まさか、電車《でんしゃ》が停《と》まるなんて……」

ぼくはすこしあせりはじめていた。

このままじゃ、あゆみちゃんの新幹線《しんかんせん》に間《ま》にあわなくなるかも!?

そんなぼくの気持《きも》ちをひろみちゃんも敏感《びんかん》に感《かん》じ取《と》る。

「つっ、翼《つばさ》。大丈夫《だいじょうぶ》!?」

ひろみちゃんは目《め》を大《おお》きく見開《みひら》いた。

「大丈夫《だいじょうぶ》……とは思《おも》うんだけど……」

そう言《い》うぼくにも、自信《じしん》はない。

日本《にほん》の鉄道《てつどう》は、いつもは1分《ぷん》の遅《おく》れもなく、時計《とけい》のように正確《せいかく》に走《はし》っているけど、さすがにトラブルがあったら遅《おく》れが出《で》てしまう。

しかも、線路上《せんろじょう》で立《た》ち往生《おうじょう》されちゃうと、他《ほか》の路線《ろせん》やバスに乗《の》りかえたり、地上《ちじょう》を歩《ある》いて回避《かいひ》できないから、ぼくらにはどうしようもない。

こういうときは、

「騒《さわ》がずに、車内《しゃない》で静《しず》かにまっているんだよ」

って、父《とう》さんはいつも言《い》う。

そうはいってもぼくの心臓《しんぞう》は、ドキドキと高鳴《たかな》っていく。

あせる気持《きも》ちをおさえようと、ケータイのサイトで乗《の》りかえをチェックする。

神保町《じんぼうちょう》から地下鉄《ちかてつ》に乗《の》ったのは12時《じ》32分《ふん》。

元々《もともと》は次《つぎ》の小川町《おがわまち》から淡路町《あわじちょう》まで歩《ある》き、丸《まる》ノ《の》内線《うちせん》に乗《の》りかえて東京《とうきょう》へ向《む》かう予定《よてい》だった。

このルートなら、神保町《じんぼうちょう》から東京駅《とうきょうえき》まで約《やく》15分《ふん》で行《い》けたんだ……。

トンネル内《ない》で停車《ていしゃ》してから20分《ぷん》がたってしまった。

「このままじゃ、新幹線《しんかんせん》に間《ま》にあわなくなる

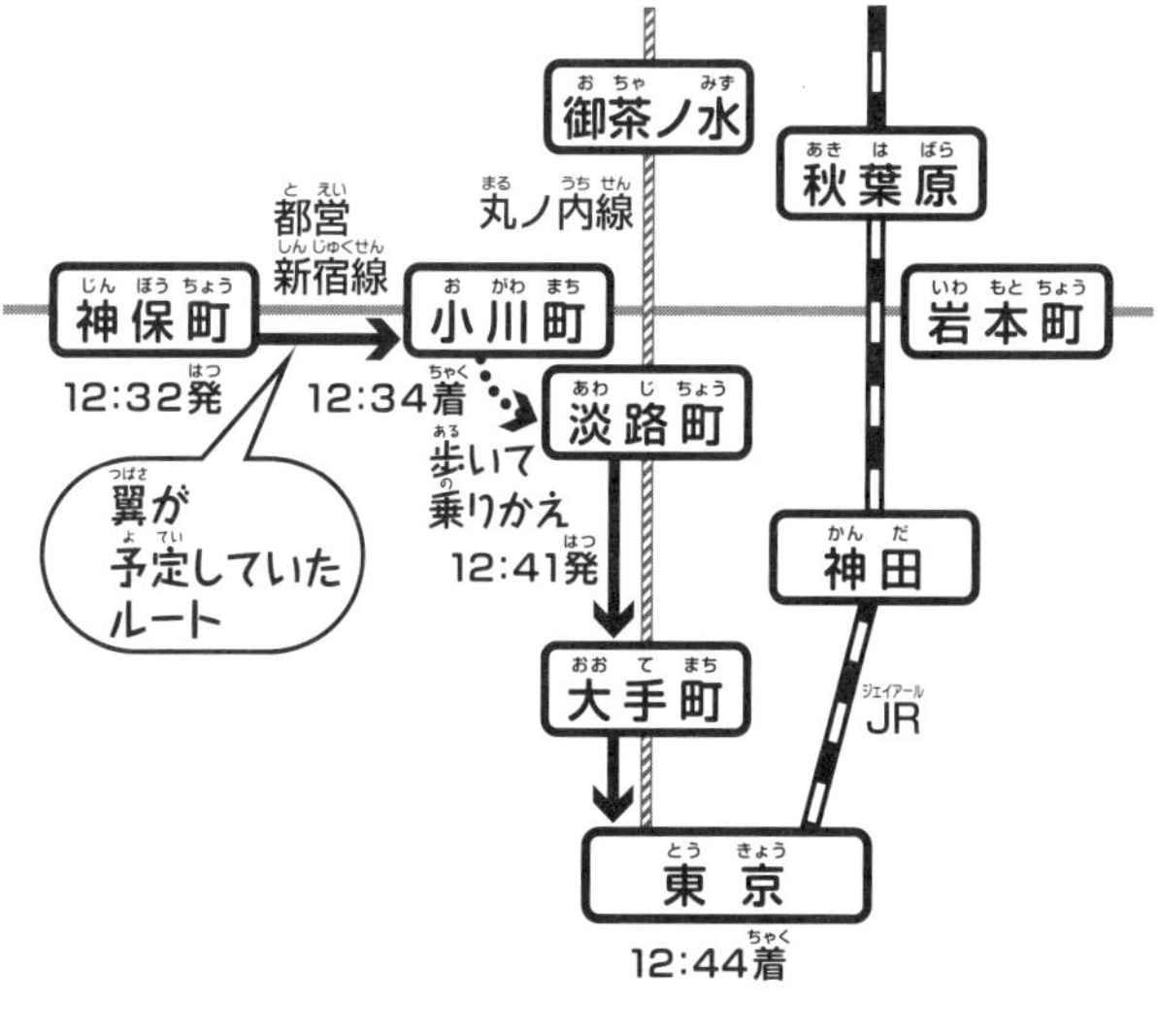

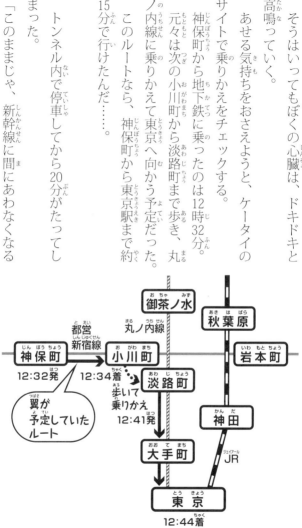

んじゃない!?」

ギュッと両手《りょうて》に力《ちから》を入《い》れたひろみちゃんは、あせりながら言《い》う。

どっ、どうしよう〜!!

「だっ、大丈夫《だいじょうぶ》。ぼくがなんとかするから」

とりあえず、ひろみちゃんを落《お》ちつかせようと、なぐさめる。

「ほっ、本当《ほんとう》に?」

ウルウルした目《め》でぼくを見《み》るひろみちゃんに、ぼくは「うっ、うん」と自信《じしん》なさげに小《ちい》さくうなずくことしかできなかった。

《大変《たいへん》ながらくおまたせいたしました。運転再開《うんてんさいかい》いたします》

グウウウウン……。

モーター音《おん》がして、やっと電車《でんしゃ》は動《うご》きだすけどノロノロ運転《うんてん》。

ぼくらは扉《とびら》の前《まえ》に立《た》ってまった。

ケータイを使《つか》って乗《の》りかえを調《しら》べたら、丸《まる》ノ《の》内線《うちせん》の淡路町《あわじちょう》から、東京《とうきょう》へ向《む》かう電車《でんしゃ》は13

時《じ》9分発《ふんはつ》で、東京《とうきょう》には13時《じ》12分着《ふんちゃく》！

4分《ぷん》じゃ新幹線《しんかんせん》ホームまで行《い》くのはムリだ……。

小川町《おがわまち》に着《つ》いたのは13時《じ》をすこしまわってからだった。

扉《とびら》が開《ひら》いた瞬間《しゅんかん》、改札《かいさつ》へ向《む》かってぼくらは猛《もう》ダッシュ！

「ひろみちゃん、こっち！」

「うん、翼《つばさ》！」

ひろみちゃんは長《なが》い足《あし》を使《つか》って、ぼくの後《うし》ろをついてくる。

「どうするの!?　翼《つばさ》！」

すこし涙目《なみだめ》になったひろみちゃんがぼくを必死《ひっし》な顔《かお》で見《み》つめる。

そう言《い》われても、ぼくにも時間《じかん》をもどすことはできないし……どうすれば……。

# Max《マックス》とき369号《ごう》を追《お》え!!

なにかいい方法《ほうほう》はないかとケータイ画面《がめん》に触《ふ》れたぼくの目《め》に、連絡先《れんらくさき》として登録《とうろく》してあった雄太《ゆうた》さんの電話番号《でんわばんごう》が飛《と》びこんできた。

「こうなったら！」

ぼくは改札《かいさつ》へ向《む》かう階段《かいだん》を上《のぼ》りながらケータイを耳《みみ》にあてた。

会話《かいわ》がひろみちゃんにも聞《き》こえるように、ハンズフリーボタンを押《お》す。

雄太《ゆうた》さんはすぐに電話《でんわ》を取《と》ってくれた。

「助《たす》けてください、雄太《ゆうた》さ――――ん!!」

ぼくは必死《ひっし》に叫《さけ》んだ。
《どうしたの？　翼《つばさ》くん》
「まっ、間《ま》にあわなくなっちゃって、もうぼくにはどうしようもなくって！」
《中村《なかむら》くん、落《お》ちついてください。とりあえず深呼吸《しんこきゅう》しよう！》
雄太《ゆうた》さんもハンズフリーにしたらしく、ケータイから冷静《れいせい》な大樹《たいき》さんの声《こえ》が聞《き》こえる。
「はっ、はい……」
ぼくは落《お》ちついて、「すぅぅぅはぁぁ」と何度《なんど》か深呼吸《しんこきゅう》を繰《く》りかえした。
《落《お》ちつきましたか？》
改札《かいさつ》の前《まえ》で、ぼくはすこし落《お》ちついた心臓《しんぞう》の上《うえ》に手《て》をおいて話《はな》しかける。
「はっ、はい……すこし……。でっ、でも時間《じかん》がなくって！》
《では、状況《じょうきょう》をゆっくり教《おし》えてください》
「さっき明治神宮《めいじじんぐう》で買《か》ったお守《まも》りを、ひろみちゃんの友《とも》だちにわたそうと東京駅《とうきょうえき》へ向《む》かっていたんだけど、乗《の》っていた都営新宿線《とえいしんじゅくせん》が、トラブルで停止《ていし》しちゃって丸ノ内線《まるのうちせん》の乗《の》りかえに間《ま》にあわなくなって！」

ぼくがどんなに動揺《どうよう》して言《い》っても、大樹《たいき》さんは落《お》ちついて聞《き》いてくれる。

それでぼくもなんとかパニックにはおちいらなくてすんでいた。

《今《いま》、お二人《ふたり》はどこにいるんですか？》

「都営新宿線《とえいしんじゅくせん》の小川町駅《おがわまちえき》の改札《かいさつ》です！」

《それで、ひろみちゃんの友《とも》だちが乗《の》る新幹線《しんかんせん》は、何時発《なんじはつ》なんですか？》

「東京《とうきょう》13時《じ》16分発《ぷんはつ》、とき369号《ごう》です！　東京駅《とうきょうえき》へ早《はや》く行《い》く方法《ほうほう》はなにかないですか!?」

だけど、こんな話《はなし》をしているうちにも1分《ぷん》くらいたってしまい、あと10分《ぷん》しかなくなる。

そのとき、横《よこ》に立《た》ってプレゼントを両手《りょうて》でにぎりしめていたひろみちゃんが、目《め》をつむって必死《ひっし》になって叫《さけ》んだ。

「お守《まも》りはわたせなくてもいい！　でも、あゆみはちゃんと見送《みおく》ってあげたいのっ！」

「新幹線《しんかんせん》に間《ま》にあわなかったら、見送《みおく》るなんてムリだよっ！」

ぼくは余裕《よゆう》がなくて、ひろみちゃんに強《つよ》く言《い》ってしまう。

「ねえ!?　なんとかならないの!?　翼《つばさ》、鉄道《てつどう》にくわしいんでしょ!?」

目《め》にうっすらと涙《なみだ》を浮《う》かべながらひろみちゃんは言《い》った。

「こんなの鉄道《てつどう》にくわしくたって、どうしようもないよっ！」

ぼくらの会話《かいわ》はケンカみたいになってしまう。

ケータイの向《む》こうで聞《き》いているT3《ティースリー》のみんなにも聞《き》こえたみたいで、

《翼《つばさ》くん！　元気《げんき》出《だ》して！》

《せやせや、メールや電話《でんわ》したったら大丈夫《だいじょうぶ》やて、ひろみちゃんに言《い》いや！》

とか、七海《ななみ》さん萌《もえ》さんに言《い》われてしまう。

だけど、さすがに今回《こんかい》のことは雄太《ゆうた》さんたちでもムリなんだ……。

ぼくはふぅとため息《いき》をついた。

「はい……そうですね……じゃあ……」

ケータイを切《き》ろうとしたとき、雄太《ゆうた》さんの声《こえ》がひびく。

《翼《つばさ》くん、ひろみちゃんといっしょに、千代田線《ちよだせん》の『新御茶ノ水《しんおちゃのみず》』へ走《はし》ってー―!!》

もちろん、いきなりそんなこと言《い》われたぼくはとまどう。

「えっ!? でっ、でもどうして?」

《今《いま》、説明《せつめい》している時間《じかん》はない! だから、言《い》うとおりにして!》

ぼくはひろみちゃんの右手《みぎて》をパシッとつかんだ。

「行《い》こう! ひろみちゃん!」

「うっ、うん、でも、大丈夫《だいじょうぶ》なの?」

ひろみちゃんは涙《なみだ》をふいてぼくの手《て》をにぎりかえす。

「今《いま》はT3《ティースリー》の力《ちから》を信《しん》じて!」

うなずきあったぼくらは、二人《ふたり》で手《て》をつないだまま改札《かいさつ》をぬけて、歩道《ほどう》を走《はし》りだした。

ケータイから雄太《ゆうた》さんの声《こえ》が聞《き》こえてくる。

《東京《とうきょう》メトロ千代田線《ちよだせん》、新御茶ノ水《しんおちゃのみず》13時《じ》13分発《ぷんはつ》、我孫子行《あびこいき》に乗《の》って! ホームは2番線《ばんせん》》

「はっ、はい！　2番線《ばんせん》ですね」

《その電車《でんしゃ》に乗《の》ったら四《よっ》つ先《さき》の西日暮里《にしにっぽり》で下車《げしゃ》して、京浜東北線《けいひんとうほくせん》、東京《とうきょう》・品川《しながわ》・横浜方面《よこはまほうめん》の1番線《ばんせん》に来《き》て！　場所《ばしょ》は日暮里側《にっぽりがわ》のホームの端《はし》！》

新幹線《しんかんせん》なのに西日暮里《にしにっぽり》!?

頭《あたま》には「？」が浮《う》かぶけど、説明《せつめい》してもらっている時間《じかん》はない。

「了解《りょうかい》しました！」

走《はし》りながら話《はな》すのはあぶないので、ぼくらはケータイを切《き》ってポケットへ入《い》れた。

ひろみちゃんは不安《ふあん》そうな顔《かお》をする。

「どうして西日暮里《にしにっぽり》へ行《い》くの？」

「それはぼくにも……」

「大丈夫《だいじょうぶ》なの？」

ひろみちゃんは、もどかしそうに奥歯《おくば》をギュッとかんだ。

「今《いま》は雄太《ゆうた》さんと大樹《たいき》さんを信《しん》じよう！」

ぼくはニコリとほほえむと、ひろみちゃんはすっとぼくの顔《かお》を見《み》た。

「わかった。じゃあ、私《わたし》はT3《ティースリー》を信《しん》じる、翼《つばさ》を信《しん》じるわ！」

「……ひろみちゃん」

胸《むね》にポッと熱《あつ》いものがこみあげてきて、目尻《めじり》がじんわりしてしまう。

ぼくはしっかりとひろみちゃんの手《て》をにぎり直《なお》して、地下通路《ちかつうろ》を走《はし》る。

都営新宿線《とえいしんじゅくせん》の小川町《おがわまち》と、千代田線《ちよだせん》の新御茶ノ水《しんおちゃのみず》はまったく違《ちが》う駅《えき》だけど、すぐ近《ちか》くにあって通路《つうろ》でつながっている。

5分《ふん》くらいで新御茶ノ水《しんおちゃのみず》の改札《かいさつ》に到着《とうちゃく》し、自動改札機《じどうかいさつき》に交通系《こうつうけい》IC《アイシー》カードをあてて通《とお》る。

雄太《ゆうた》さんの指示《しじ》どおり2番線《ばんせん》へおりていくと、すぐに銀《ぎん》の車体《しゃたい》に黄緑《きみどり》と緑《みどり》のラインの入《はい》った16000系《けい》が風《かぜ》とともにトンネルから現《あらわ》れた。

ぼくらが乗《の》りこむとすぐに扉《とびら》が閉《し》まって電車《でんしゃ》はまっ暗《くら》なトンネル内《ない》を走《はし》りだす。

「あゆみを見送《みおく》れるかなぁ……」

さみしそうな顔《かお》をするひろみちゃんに、ぼくは自信《じしん》を持《も》って言《い》った。

「きっと、大丈夫《だいじょうぶ》だよ！　心配《しんぱい》しないでっ！」

電車《でんしゃ》はすぐに西日暮里《にしにっぽり》に停車《ていしゃ》する。目《め》を合《あ》わせてうなずきあったぼくらは、扉《とびら》が開《ひら》いた瞬間《しゅんかん》にホームへと勢《いきお》いよく飛《と》びだした。

東京《とうきょう》メトロとJR《ジェイアール》をつなぐ、連絡改札口《れんらくかいさつぐち》からJR西日暮里駅《ジェイアールにしにっぽりえき》へと入《はい》る。階段《かいだん》を駆《か》けあがってホームに出《で》て、日暮里側《にっぽりがわ》のホームの端《はし》に急《いそ》ぐ。

そこには、明治神宮《めいじじんぐう》で出会《であ》ったT3《ティースリー》のメンバーがまってくれていた。

「雄太《ゆうた》さ―――ん!!」

ぼくが手《て》を振《ふ》りながら叫《さけ》ぶとみんながこっちへ振《ふ》りかえる。

駅《えき》の時計《とけい》を確認《かくにん》すると、時刻《じこく》は13時《じ》22分《ふん》。

Max《マックス》とき369号《ごう》は、もう完全《かんぜん》に東京駅《とうきょうえき》を出発《しゅっぱつ》した時刻《じこく》だった。

「そっ、それで西日暮里《にしにっぽり》に来《き》て、どうしようっていうんですか!?」

「ここから見送《みおく》るんだ！」

「「ここから見送《みおく》る〜!?」」

全員《ぜんいん》が驚《おどろ》く中《なか》、雄太《ゆうた》さんは東京方面《とうきょうほうめん》を指《ゆび》さす。

その先《さき》には白《しろ》いＥ《イー》４系《けい》新幹線《しんかんせん》Ｍａｘ《マックス》が、こっちへやってくるのが見《み》える。

「あの新幹線《しんかんせん》に、ひろみちゃんの親友《しんゆう》のあゆみちゃんが乗《の》っているはずだよ」

「「「え――――っ!!」」」

びっくりしたことに西日暮里駅《にしにっぽりえき》の横《よこ》には新幹線《しんかんせん》の線路《せんろ》が並走《へいそう》していて、東京駅《とうきょうえき》を出《で》た新《しん》幹線《かんせん》はここを通過《つうか》するのだった。

雄太《ゆうた》さんは、ここで手《て》を振《ふ》れば、あゆみちゃんからは見《み》えるというのだ！

雄太《ゆうた》さんがひろみちゃんに聞《き》いた。

「あゆみちゃんは何号車《なんごうしゃ》に乗《の》っているかわかる？」

「いっ、1号車《ごうしゃ》の左側《ひだりがわ》二階席《かいせき》だって言《い》っていたわ！」

「だったら、ここから手《て》を振《ふ》ったら見《み》られると思《おも》うから！」

雄太《ゆうた》さんがニコリと笑《わら》うと、ひろみちゃんの目《め》がうるんだ。

「ゆっ、雄太《ゆうた》さん！　あっ、ありが――」

「そんなのはあとでいいから、しっかり見送《みおく》らないと！」

言葉《ことば》をさえぎって、雄太《ゆうた》さんはジャンプしながら大《おお》きく手《て》を振《ふ》る。

「はいっ！」

しっかりうなずいたひろみちゃんは、E《イー》4系新《けいしん》幹線《かんせん》に向《む》かって手《て》を振《ふ》る。

「あゆみ————!!」

「おーい! おーい! あゆみちゃん————!! ぼくらちゃんと見送《みおく》りにきたよ————!!」

ひろみちゃんの横《よこ》でぼくも必死《ひっし》に両手《りょうて》を交差《こうさ》させるようにして振《ふ》る。

そんなぼくたちを見《み》ていた七海《ななみ》さんと萌《もえ》さんは「よしっ」とうなずきあう。

ぼくら以外《いがい》、誰《だれ》もいないホームの端《はし》で、二人《ふたり》は手《て》をつなぎあって両手《りょうて》をあげて、ピョンピョン跳《は》ねまくりながら四《よっ》つの振《ふり》そでをバタバタ振《ふ》る。

さすがに、これは目立《めだ》つ!

1号車《ごうしゃ》の窓際《まどぎわ》の人《ひと》は、ほとんど全員《ぜんいん》こちらを向《む》いた。

その中《なか》にあゆみちゃんもいた!!

あゆみちゃんは泣《な》きながら、満面《まんめん》の笑《え》みを浮《う》かべていた。

一番近《いちばんちか》づいた時《とき》、二人《ふたり》の距離《きょり》は10メートルもなかった。

立《た》ち上《あ》がり、窓《まど》に手《て》をつけたあゆみちゃんとひろみちゃんは見《み》つめあった。

「あゆみ……またね」

「ひろみちゃん……またね」

声《こえ》は届《とど》かないけど、二人《ふたり》はそんな言葉《ことば》を交《か》わしたように見《み》えた。

すぐに、新幹線《しんかんせん》はひろみちゃんの前《まえ》を通《とお》りすぎて走《はし》っていく。

タタンタタン！　タタンタタン！　タタン

タタン！　タタンタタン！

ひろみちゃんは、新幹線《しんかんせん》を追《お》いかけようと、ホームを二、三歩《ぽ》だけ歩《ある》いた。

でも、追《お》いかけられるような速度《そくど》じゃない。

あっというまにE《イー》4系《けい》新幹線《しんかんせん》は、大宮方面《おおみやほうめん》へ消《き》えていった。

あゆみちゃんが見《み》えなくなっても、電車《でんしゃ》の音《おと》はレールを伝《つた》ってぼくらにも聞《き》こえてくる。

そのあとには、新幹線《しんかんせん》がつれてきた風《かぜ》がふきぬけていった。

とても気持《きも》ちいい風《かぜ》だった。

ひろみちゃんは、「よしっ！」と両手《りょうて》に力《ちから》を入《い》れると、元気《げんき》よく振《ふ》りかえった。

「ありがとうございました。T3《ティースリー》のみなさん！」

目《め》をキラキラとうるませたひろみちゃんは、ペコリと頭《あたま》をさげた。

「よぉ――し!!　じゃあ、新年《しんねん》だし！　元気《げんき》よくいこう――!!」

七海《ななみ》さんが右手《みぎて》を出《だ》すと、雄太《ゆうた》さん、萌《もえ》さん、大樹《たいき》さん、ぼくと重《かさ》なる。

最後《さいご》にひろみちゃんの右手《みぎて》が、その上《うえ》に載《の》った。

「ミッション成功《せいこう》――――!!」

ぼくらは思《おも》いきり叫《さけ》んで、合《あ》わさった手《て》を一気《いっき》に空《そら》へ向《む》かって押《お》しあげた。

そして、顔《かお》を見《み》あわせて笑《わら》いあった。

ひろみちゃんは腕組《うでぐ》みをして、細《ほそ》めた目《め》でぼくを見《み》る。

「なっ……なに？」

「私《わたし》、Ｔ３《ティースリー》に入《はい》って、鉄道《てつどう》のこと覚《おぼ》える。あゆみを見送《みおく》れたのは全部《ぜんぶ》、雄太《ゆうた》さんのおかげだし、大樹《たいき》さんはとっても落《お》ち着《つ》いていてかっこいいし……」

「えーーーっ!?」

ぼくはダッシュで雄太《ゆうた》さんにしがみついた。

「雄太《ゆうた》さん！　じゃあ、ぼくもＴ３《ティースリー》に入《はい》ります！　ねっ、入《い》れてくださいよ！」

雄太《ゆうた》さんはいたずらっ子《こ》みたいな目《め》をする。

「……どうしようかなぁ」

「えーーーっ!?　うっそぉ〜〜」

雄太《ゆうた》さんはぼくの肩《かた》をバシッとたたいて、あっははと大《おお》きな声《こえ》をあげて笑《わら》った。

ぼくらの笑《わら》い声《ごえ》は西日暮里《にしにっぽり》のホームに、いつまでもひびいた。


T3《ティースリー》と別《わか》れて西日暮里《にしにっぽり》からの帰《かえ》り道《みち》。

ひろみちゃんは、あゆみちゃんにわたしそびれた本《ほん》とお守《まも》りを見《み》てつぶやいた。

「ちゃんと手《て》わたししたかったなぁ」

そんなのかんたんじゃん。

「だったら春休《はるやす》みに越後湯沢《えちごゆざわ》に届《とど》けにいこうよ！　ぼくがつれていってあげるからさ」

ぼくがほほえむと、ひろみちゃんは、

「翼《つばさ》、ありがとう！」

と、今日一番《きょういちばん》の笑顔《えがお》を見《み》せた。

# 第《だい》5話《わ》

## 超《ちょう》ウラ技《わざ》

## 新幹線《しんかんせん》に120円《えん》で乗《の》る!!!!!

# 二人《ふたり》で上越新幹線《じょうえつしんかんせん》に

お正月《しょうがつ》までは暖冬《だんとう》だったけど、新年《しんねん》に入《はい》ってからは寒《さむ》い日《ひ》が続《つづ》いた。

そんな二月《がつ》のある日《ひ》。ぼくはいつものように、ひろみちゃんとまちあわせした。

場所《ばしょ》は東京駅《とうきょうえき》にあるハンバーガーショップ。

ぼくが先《さき》に行《い》って座《すわ》ってまっていると、ひろみちゃんはスキップするようにやってきた。

そして、テーブルのそばにパチンと足《あし》をそろえて立《た》つ。

「つっばさ〜!!」

「なっ、なに!?」

どちらかというと、ツンツンしちゃっていることが多《おお》いひろみちゃんが、キラッキラッの笑顔《えがお》で話《はな》しかけてきたのでぼくは体《からだ》を引《ひ》いてしまう。

「スノボ行《い》かない？」

ぼくはスノボなんてやったことはない。

「え～スノボ～!?　ぼくは――」

そんなぼくの言葉《ことば》をひろみちゃんはさえぎる。

「てか、翼《つばさ》、スノボへ行《い》くよっ！」

ズデェ～。

すべったぼくはテーブルに頭《あたま》をぶつけた。

「アタタ……。もう問答無用《もんどうむよう》じゃないかっ！　それで、どうしてスノボなの？」

ひろみちゃんはバンと両手《りょうて》を机《つくえ》の両側《りょうがわ》について、グッと顔《かお》を近《ちか》づけてぼくを見《み》つめる。

「あゆみから『スノボをしにこない？』ってメッセが来《き》たからよ」

「へぇ～。でも、越後湯沢《えちごゆざわ》くらいだったら、一人《ひとり》でも行《い》けるんじゃないの？」

ひろみちゃんが真剣《しんけん》な顔《かお》をする。

「まかせて、翼《つばさ》！　私《わたし》、絶対一人《ぜったいひとり》じゃ行《い》けないからっ」

ぼくはまたズデッとすべった。

「なんなの……、その変《へん》な方向《ほうこう》へ向《む》いた自信《じしん》は？」

「パパも『一人《ひとり》で行《い》かせるのは心配《しんぱい》だ。旅費《りょひ》は出《だ》してあげるから、翼《つばさ》くんにいっしょに行《い》ってもらえないのか？』って……」

「う～ん。旅費《りょひ》を出《だ》してくれると言《い》われちゃうとなぁ……」

ぼくがまよっていると、ひろみちゃんはプイと横《よこ》を向《む》いて口《くち》をとがらせた。

「それに……」

「それに、なに？」

「あゆみを見送《みおく》りに行《い》った帰《かえ》り道《みち》。翼《つばさ》は『ぼくがつれていってあげる』って言《い》ったじゃない？」

すこし前《まえ》のことだから忘《わす》れていたけど、ぼくは確《たし》かにそう言《い》った。

約束《やくそく》はちゃんと守《まも》らなきゃいけないよね。

「わかったよ。じゃあ越後湯沢《えちごゆざわ》へ行《い》こう！」

ニッコリ笑《わら》ったひろみちゃんは、よろこんでパシンとぼくの右手《みぎて》をつかんだ。

「ありがとう！　翼《つばさ》っ！」

ぼくはそこでニヤリと笑《わら》う。

「あの……越後湯沢《えちごゆざわ》へ行《い》くんだったら……」

「なっ、なに？　その顔《かお》。変《へん》なこと考《かんが》えてない？　翼《つばさ》」

ひろみちゃんは体《からだ》をビクリとさせて、ゴクリとつばを飲《の》みこむ。

「ぜんぜん変《へん》なことじゃないよぉ。一《いっ》か所《しょ》だけよりたい駅《えき》があるんだけど……」

「よりたい駅《えき》？」

「越後湯沢《えちごゆざわ》の近《ちか》くにある駅《えき》なんだけど、なかなか行《い》けなくってさ……」

ひろみちゃんは「うん？」って顔《かお》をしていたけど、すぐにコクンとうなずいた。

「私《わたし》のおねがい聞《き》いてもらったしね。しょうがない、ＯＫ《オーケー》よっ」

ぼくはニカッと笑《わら》う。

「ありがとう！　ひろみちゃん。よし、じゃあ計画《けいかく》を練《ね》ろうか」

そこでぼくらは越後湯沢《えちごゆざわ》へ行《い》く行程《こうてい》を相談《そうだん》した。

ハンバーガーショップでの打《う》ちあわせから一《いっ》か月《げつ》たった、三月《がつ》のある日《ひ》。ぼくらが春休《はるやす》みに入《はい》ってすぐに、あゆみちゃんのいる越後湯沢《えちごゆざわ》へ行《い》くことにした。日曜日《にちようび》の朝《あさ》7時半《じはん》。ぼくは、ひろみちゃんと丸《まる》の内北口改札《うちきたぐちかいさつ》で落《お》ちあった。

「おっはよ〜」

走《はし》ってきたひろみちゃんの小《ちい》さな口《くち》からは、はぁはぁと白《しろ》い息《いき》が出《で》る。

スキー場《じょう》に行《い》くってことでまっ白《しろ》なダウンジャケットを着《き》てはいるものの、やっぱり下《した》は赤《あか》い水玉《みずたま》のミニスカートをはいてくるところが、とっても元気《げんき》なひろみちゃんぽい。

「おはよう〜ひろみちゃん。今日《きょう》も寒《さむ》いねっ」

ぼくは茶色《ちゃいろ》のスノボウェアの前《まえ》を閉《し》めながらブルッと体《からだ》をふるわせる。

「東京《とうきょう》でもこんなに寒《さむ》いなら、越後湯沢《えちごゆざわ》はきっと冷凍庫《れいとうこ》ね」

「きっと、そうだろうねぇ」

今日《きょう》はあゆみちゃん家《ち》に泊《と》めてもらうので、ひろみちゃんは白《しろ》いスーツケース。ぼくは、黒《くろ》い大《おお》きめのデイパックを背負《せお》っていた。

ぼくらは改札口《かいさつぐち》の近《ちか》くにある『みどりの窓口《まどぐち》』へと入《はい》る。

ひろみちゃんからお金《かね》をあずかって、目的地《もくてきち》までの新幹線《しんかんせん》きっぷを自由席《じゆうせき》で二枚《まい》買《か》う。

値段《ねだん》は、一人《ひとり》３２８０円《えん》。

ひろみちゃんにきっぷをわたし、二人《ふたり》で自動改札《じどうかいさつ》から駅構内《えきこうない》に入《はい》る。

東京駅《とうきょうえき》の新幹線乗《しんかんせんの》り場《ば》は、駅《えき》のまんなかあたりにあり、そこにはまた自動改札機《じどうかいさつき》が並《なら》ぶ。

東京《とうきょう》から名古屋《なごや》、新大阪《しんおおさか》、博多方面《はかたほうめん》へ向《む》かう東海道《とうかいどう》・山陽新幹線《さんようしんかんせん》と、新函館北斗《しんはこだてほくと》、新青森《しんあおもり》、秋田《あきた》、新庄《しんじょう》、新潟《にいがた》、金沢《かなざわ》などへ向《む》かう北海道《ほっかいどう》・東北《とうほく》、秋田《あきた》、山形《やまがた》、上越《じょうえつ》、北陸新幹線《ほくりくしんかんせん》は入口《いりぐち》が違《ちが》う。

越後湯沢《えちごゆざわ》へ行《い》くのは上越新幹線《じょうえつしんかんせん》だから、緑色《みどりいろ》の表示板《ひょうじばん》のある改札口《かいさつぐち》から入《はい》る。

改札《かいさつ》を入《はい》ってすぐの場所《ばしょ》には液晶《えきしょう》モニターがあって、そこで目的《もくてき》の新幹線《しんかんせん》を探《さが》した。

「次《つぎ》の越後湯沢方面《えちごゆざわほうめん》へ向《む》かう上越新幹線《じょうえつしんかんせん》は……、Ｍａｘ《マックス》たにがわ４０３号《ごう》だね」

後《うし》ろに手《て》を組《く》んだひろみちゃんが、クンと上半身《じょうはんしん》をかたむける。

「ってことは……21番線《ばんせん》ね」

「そうそう、ひろみちゃんもだいぶ鉄道《てつどう》がわかってきたね」

「当然《とうぜん》でしょ。翼《つばさ》の友《とも》だちなんだからっ」

ひろみちゃんは胸《むね》を張《は》って答《こた》えた。

すぐ右側《みぎがわ》にあるエスカレーターに乗《の》ってホームにあがる。すると21番線《ばんせん》には、白《しろ》い車体《しゃたい》にピンクのライン、下側《したがわ》が青《あお》に塗《ぬ》られた二階建《かいだ》て新幹線《しんかんせん》が停車《ていしゃ》していた。

「うぉおおおお！　E《イー》4系《けい》だっ」

ぼくのテンションは急上昇《きゅうじょうしょう》！　ケータイのカメラで写真《しゃしん》を撮《と》った。

Max《マックス》たにがわ403号《ごう》は16両編成《りょうへんせい》で、自由席《じゆうせき》もたくさんある。

ぼくらは14号車《ごうしゃ》まで歩《ある》いて、らせん階段《かいだん》をあがって二階席《かいせき》へ行《い》く。

E《イー》4系《けい》の二階《かい》自由席《じゆうせき》はまんなかの通路《つうろ》をはさんで、左右《さゆう》に三人《にん》ずつ座《すわ》れる一列《れつ》六人《にん》シート。ちなみに、このシートはリクライニングしないんだ。

荷物《にもつ》を網棚《あみだな》にあげて、進行方向左側《しんこうほうこうひだりがわ》の窓際《まどぎわ》にはひろみちゃん、ぼくはその横《よこ》に座《すわ》った。

あんまり混雑《こんざつ》していないので、ぼくのとなりの通路席《つうろせき》には誰《だれ》も座《すわ》る人《ひと》はいない。

フワァァァァァァァァン！

8時《じ》4分《ぷん》、Max《マックス》たにがわ403号《ごう》が東京《とうきょう》を発車《はっしゃ》する。

最初《さいしょ》、高架《こうか》の上《うえ》を走《はし》っていたE《イー》4系新幹線《けいしんかんせん》は、すぐにトンネルに入《はい》って地下駅《ちかえき》である上《うえ》野《の》に到着《とうちゃく》する。上野《うえの》を発車《はっしゃ》すると、ひろみちゃんは左《ひだり》の車窓《しゃそう》に手《て》を置《お》いて注目《ちゅうもく》した。

「あそこに立《た》っていたのよね」

そこにはお正月《しょうがつ》にぼくらが立《た》っていた西日暮里《にしにっぽり》の駅《えき》が見《み》えた。

「そうそう。新幹線《しんかんせん》から見《み》るとこういう感《かん》じなんだぁ」

「あゆみにも、しっかり見《み》えていたよねっ！」

ひろみちゃんはうれしそうにニコリと笑《わら》って、わたすはずだったプレゼントの包《つつ》みを
ギュッと抱《だ》いた。

Max《マックス》たにがわ403号は大宮《おおみや》、熊谷《くまがや》、本庄《ほんじょう》早稲田《わせだ》、高崎《たかさき》と停車《ていしゃ》しながら走《はし》る。

車窓《しゃそう》から見《み》える景色《けしき》は、最初《さいしょ》のうちはマンションやビルの建《た》ち並《なら》ぶ街《まち》だった。

でも、だんだん住宅《じゅうたく》や田畑《たはた》が増《ふ》え、遠《とお》くには青《あお》い山《やま》が見《み》えるようになってくる。

「ほらっ！　あれ、雪《ゆき》じゃない!?」

コンコンと窓《まど》ガラスをたたくひろみちゃんの指先《ゆびさき》には、まっ白《しろ》な雪《ゆき》が積《つ》もる山《やま》が見《み》えていた。

はじめは山肌《やまはだ》にしかなかった雪《ゆき》は、長《なが》いトンネルをぬけるたびに線路《せんろ》へ迫《せま》ってきて、上《じょう》毛高原《もうこうげん》をすぎるころには、一面銀世界《いちめんぎんせかい》となっ

ていた。

そして、9時《じ》35分《ふん》に到着《とうちゃく》した越後湯沢《えちごゆざわ》は、東京《とうきょう》とは別世界《べっせかい》。

建物《たてもの》も道路《どうろ》も車《くるま》も、そして線路《せんろ》や駅《えき》や電車《でんしゃ》も、見《み》えるものすべてまっ白《しろ》になっていた。

駅《えき》に着《つ》くと、ひろみちゃんが網棚《あみだな》からスーツケースをおろそうとする。

「降《お》りるのはまだ早《はや》いよ」

ひろみちゃんが不思議《ふしぎ》そうにぼくの顔《かお》をのぞきこむ。

「え？　越後湯沢《えちごゆざわ》はここでしょ？　しっかりしてよ！」

「でもまちあわせはスキー場《じょう》でしょ？」

「そうだけど……」

打《う》ちあわせの時《とき》に、場所《ばしょ》を聞《き》いていたぼくは、これをしっかり確認《かくにん》していたんだ。

「ガーラ湯沢《ゆざわ》には、このまま行《い》けるんだよ」

「えーーーっ!? 新幹線《しんかんせん》でスキー場《じょう》まで行《い》けるの!?」

ひろみちゃんは目《め》を丸《まる》くした。

「ガーラ湯沢《ゆざわ》はJR《ジェイアール》東《ひがし》日本《にほん》が作《つく》ったスキー場《じょう》だから、新幹線《しんかんせん》の駅《えき》がゲレンデ前《まえ》にあるんだよ」

2分《ふん》くらい停車《ていしゃ》してから、ぼくらの乗《の》った新幹線《しんかんせん》は、まっ白《しろ》な線路《せんろ》をゆっくりと走《はし》る。

やがて、左《ひだり》の車窓《しゃそう》にはまっ白《しろ》で巨大《きょだい》なゲレンデが見《み》えてきた。そこにはカラフルなスキーウェアを着《き》た人《ひと》たちがすべりまわっていた。

「うわぁ～! 本当《ほんとう》に駅《えき》の近《ちか》くにスキー場《じょう》がある――!!」

ぼくは、網棚《あみだな》に置《お》いてあった大《おお》きなデイパックをおろす。

「ガーラ湯沢《ゆざわ》スキー場《じょう》は、新幹線《しんかんせん》で直接《ちょくせつ》行《い》ける日本《にほん》で唯一《ゆいいつ》のスキー場《じょう》なんだ」

「すごぉおい！」

ひろみちゃんは、大《おお》きな瞳《ひとみ》をさらに大《おお》きくしてゲレンデを見《み》つめた。

「しかも、越後《えちご》湯沢《ゆざわ》からガーラ湯沢《ゆざわ》までは、たったの120円《えん》なんだよ！」

「ひゃ、120円《えん》!?　新幹線《しんかんせん》なのに!?」

「ここは在来線《ざいらいせん》と同《おな》じあつかいになる、特別路線《とくべつろせん》なんだ」

ぼくは胸《むね》を張《は》ると、ひろみちゃんはいたずらっ子《こ》みたいな目《め》をする。

「ははぁん。翼《つばさ》が来《き》たかった駅《えき》はここなのね」

おしい！　それはちょっと違《ちが》うんだなぁ。

「ぼくがねらっていた駅《えき》は、ここじゃないんだなぁ〜」

「えっ!?　こんなすごく変《か》わった駅《えき》なのに、違《ちが》うの!?」

右手《みぎて》の人差《ひとさ》し指《ゆび》をぼくはビシッと、ひろみちゃんの顔《かお》の前《まえ》に立《た》てた。

「ぼくが行《い》きたかったのは日本一《にほんいち》のモグラ駅《えき》！」

ひろみちゃんは口《くち》をポカーンと開《ひら》く。

「日本一《にほんいち》のモグラ駅《えき》〜？」

「それはあとで……ね」

# モグラ駅《えき》へ行《い》こう！

キイィンと大《おお》きな音《おと》をたてて、Ｍａｘ《マックス》たにがわ４０３号《ごう》はガーラ湯沢駅《ゆざわえき》に停車《ていしゃ》した。

到着《とうちゃく》は9時《じ》40分《ぷん》。

ホームには二《ふた》つの番線《ばんせん》があって、雪《ゆき》よけ用《よう》の大《おお》きな屋根《やね》におおわれていた。

ぼくとひろみちゃんは、新幹線《しんかんせん》を降《お》りて改札口《かいさつぐち》をぬける。

駅舎《えきしゃ》から外《そと》へ出《で》ると、そこには一面《いちめん》の銀世界《ぎんせかい》が広《ひろ》がっていた。

ここは駅前《えきまえ》がゲレンデなんだ！　東京《とうきょう》から新幹線《しんかんせん》一本《いっぽん》で、スキー場前《じょうまえ》まで来《こ》られるなんてすごいよね。

今日《きょう》は天気《てんき》もよくって、キラキラとした太陽《たいよう》はゲレンデをピカピカに輝《かがや》かせる。

そのとき、大《おお》きな声《こえ》がひびいた。

「ひろみちゃ――――ん!!」

輝《かがや》くゲレンデをバックに、ピンクのスノボウェアを着《き》たあゆみちゃんが立《た》っていた。

あゆみちゃんはニコニコ笑《わら》いながら大《おお》きく手《て》を振《ふ》っている。

「あゆみ――――!!」

二人《ふたり》はバタバタと雪《ゆき》を蹴《け》りあげながら走《はし》り、おたがいに手《て》を取《と》りあった。

そこに言葉《ことば》はまったくいらない。

再会《さいかい》した二人《ふたり》はハグして、おたがいの背中《せなか》をポンポンとやさしくたたきあった。

体《からだ》を離《はな》したひろみちゃんは、持《も》ってきたプレゼントの包《つつ》みを手《て》わたす。

「これ送別《そうべつ》プレゼント！　新幹線《しんかんせん》には間《ま》にあわなくて、ほんとゴメン！」

ひろみちゃんは、胸《むね》の前《まえ》でパチンと手《て》をあわせて頭《あたま》をさげた。

あゆみちゃんは、そんなひろみちゃんに向《む》かって首《くび》をフルフルと横《よこ》に振《ふ》る。

「電車《でんしゃ》が遅《おく》れちゃったのはしょうがないよぉ～」

「……あゆみ」

「それでも、西日暮里《にしにっぽり》のホームから手《て》を振《ふ》ってくれたことは、とってもうれしかったよ」

あゆみちゃんは、ひろみちゃんの肩《かた》をポンポンとたたいた。

ひろみちゃんがそっと顔《かお》をあげると、あゆみちゃんはニコリと笑《わら》う。

「それに……」

「それに？」

「送別《そうべつ》のプレゼントを引《ひ》っこし先《さき》まで届《とど》けにくるところが、ひろみちゃんぽいよ」

二人《ふたり》は顔《かお》を見《み》あわせて、あっははと思《おも》いきり笑《わら》いあった。

そんな二人《ふたり》を見《み》ていたぼくの胸《むね》は、ぽっと温《あたた》かくなった。

ガーラ湯沢《ゆざわ》は、駅自体《えきじたい》が巨大《きょだい》なスキーセンターになっている。ぼくらの持《も》ってきたスーツケースやデイパックをあずけられるロッカーもあるし、更衣室《こういしつ》なんかもある。

しかも、スノボやスキーのウェア、道具《どうぐ》なんかのレンタルショップもあるから、新幹線《しんかんせん》に乗《の》って手《て》ぶらで行《い》っても大丈夫《だいじょうぶ》なんだ。

ぼくらは午前中《ごぜんちゅう》から、めいっぱいスノボを楽《たの》しんだ。

あゆみちゃんはここへ引《ひ》っこしてから数回《すうかい》スノボをしていたから、とってもうまかった。

でも、ぼくもひろみちゃんも初《はじ》めてだから、もう、4時間《じかん》もすべればヘトヘト。足《あし》がジーンって熱《ねつ》を持《も》っちゃうくらいだった。

スノボウェアから着《き》がえたぼくらが、駅改札《えきかいさつ》に集《あつ》まったのは、14時半《じはん》くらい。

ぼくは、あとから出《で》てきたひろみちゃんの顔《かお》を指《ゆび》さした。

「なんか、焼《や》けてない？　顔《かお》、まっ赤《か》だよ」

顔《かお》は、ゴーグルのあった部分以外《ぶぶんいがい》は、照《て》れたみたいに赤《あか》かった。

ひろみちゃんは肌《はだ》が白《しろ》いほうだから、よけいにハッキリわかっちゃう。

「えっ!?　うそっ!?」

ひろみちゃんは、白《しろ》いダウンジャケットから出《だ》した両手《りょうて》をほっぺにそっとあてる。

「熱《あつ》っ！　ほんとだっ。夏《なつ》の海《うみ》だったらわかるけど……どうして？」

横《よこ》に立《た》っていたあゆみちゃんは、フフフッと楽《たの》しそうに笑《わら》う。

「ゲレンデってまっ白《しろ》でしょ？　だから太陽光《たいようこう》が反射《はんしゃ》してお顔《かお》が焼《や》けちゃうみたいだよ」

そこでぼくのほうを向《む》いたひろみちゃんは、口《くち》をとがらせてぼくの顔《かお》を指《ゆび》さす。

「翼《つばさ》だって丸焼《まるや》けよっ！」

「え〜っ本当《ほんとう》に〜って!!　アツっ！」

ぼくもほっぺに両手《りょうて》をあてると、二人《ふたり》はアッハハと笑《わら》った。

ガーラ湯沢駅《ゆざわえき》14時《じ》47分発《ふんはつ》の新幹線《しんかんせん》、Ｍａｘ《マックス》たにがわ１０６号《ごう》に乗《の》り越後湯沢《えちごゆざわ》へ移動《いどう》する。

料金《りょうきん》はたったの１２０円《えん》！

そして、いったん改札口《かいさつぐち》から出《で》て、自動券売機《じどうけんばいき》で２００円《えん》のきっぷを三枚買《まいか》う。

これはぼくの希望《きぼう》で行《い》く駅《えき》だから、二人《ふたり》のきっぷ代《だい》はぼくが出《だ》すことにした。

二人《ふたり》にきっぷをわたしたら、在来線《ざいらいせん》の改札口《かいさつぐち》から駅《えき》へ入《はい》り、2番線《ばんせん》へとおりていく。

ホームで電車《でんしゃ》を待《ま》っていると、ひろみちゃんがぼくに聞《き》く。

「それで『日本一《にほんいち》のモグラ駅《えき》』ってなんなの？」

「ぼくも行《い》くのは初《はじ》めてなんだよ。だけど、インターネットで見《み》たらすごいところだったんだっ！　だから、自分《じぶん》の目《め》で見《み》てみたいと思《おも》ってさ」

ぼくはニヒッと笑《わら》って、右《みぎ》の親指《おやゆび》だけをあげて見《み》せた。

15時《じ》7分《ふん》になると、シルバーの車体《しゃたい》にオレンジと黄色《きいろ》のラインの入《はい》った2両編成《りょうへんせい》の電車《でんしゃ》がやってきた。

これは上越線《じょうえつせん》の水上行《みなかみいき》普通列車《ふつうれっしゃ》で、使用車両《しようしゃりょう》はE《イー》129系《けい》だった。

「雪《ゆき》で前《まえ》がまっ白《しろ》ですよ～」

あゆみちゃんは雪《ゆき》がついて白《しろ》くなった正面《しょうめん》を見《み》て目《め》を輝《かがや》かせる。

「電車《でんしゃ》って速《はや》く走《はし》ると、雪《ゆき》が前《まえ》に貼《は》りついちゃうんだよね」

ぼくらは先頭車《せんとうしゃ》の前扉《まえとびら》から中《なか》へ入《はい》って、ロングシートに並《なら》んで座《すわ》る。

1分《ぷん》もすると扉《とびら》が閉《し》まって、電車《でんしゃ》は雪《ゆき》がチラチラと舞《ま》う線路《せんろ》へ飛《と》びだした。

クォオオオオン……。

モーター音《おん》がひびき、カタンコトンとレールのすき間《ま》を車輪《しゃりん》がわたる音《おと》が聞《き》こえる。

岩原《いわっぱら》スキー場前《じょうまえ》、越後中里《えちごなかざと》と停車《ていしゃ》しながら、雪《ゆき》の上越線《じょうえつせん》を走《はし》っていく。

上越線《じょうえつせん》は山《やま》と山《やま》とにはさまれた谷底《たにぞこ》のようなところを走《はし》っていて、周囲《しゅうい》にはあまり家《いえ》は見《み》えない。そのせいか駅《えき》と駅《えき》の間《あいだ》はかなり距離《きょり》があるように感《かん》じた。

車窓《しゃそう》に顔《かお》をつけたあゆみちゃんとひろみちゃんは、他《ほか》のスキー場《じょう》や高《たか》い山《やま》が見《み》えるたびにキャッキャッともりあがった。

土樽《つちたる》を出《で》た列車《れっしゃ》が長《なが》いトンネルをぬけると、雪《ゆき》に埋《う》もれた駅《えき》が見《み》えてくる。

到着《とうちゃく》は15時《じ》33分《ぷん》。ここがぼくの来《き》たかった土合駅《どあいえき》なのだ。

周囲《しゅうい》には民家《みんか》が一軒《いっけん》もなく、駅《えき》には、ぼくら三人《にん》だけしか下車《げしゃ》しない。

フィイイイイ……。

警笛《けいてき》を鳴《な》らしながら列車《れっしゃ》が水上方面《みなかみほうめん》へ走《はし》っていくと、まったく音《おと》のない世界《せかい》になる。

谷底《たにぞこ》に造《つく》られたホームの前《まえ》には、雪《ゆき》に包《つつ》まれた山《やま》がそびえていた。

すべてが雪《ゆき》に埋《う》もれているから、線路《せんろ》とホームが雪原《せつげん》にポツーンとある感《かん》じ。

そんなホームに立《た》ちつくしたひろみちゃんは、両手《りょうて》を口《くち》にあてて大《おお》きな声《こえ》で叫《さけ》んだ。

「な~んにもない駅《えき》じゃないの━━!!」

その声《こえ》はキレイなやまびことなって、「じゃないの~じゃないの~」って山《やま》にこだました。

あれっ？　なにか怒《おこ》っている？

ひろみちゃんが頬《ほお》をぷぅとふくらませた。

「これのどこが『モグラ駅《えき》』なのよ!?　ただの、単線《たんせん》のローカル駅《えき》じゃない！」

ひろみちゃんの口《くち》から「単線《たんせん》」とか鉄道用語《てつどうようご》が聞《き》けてぼくはちょっとうれしい。

一組《ひとくみ》しかない線路《せんろ》を指《さ》しているひろみちゃんに、ぼくはニカッと笑《わら》う。

「ここは単線《たんせん》じゃなくて、上《のぼ》り線《せん》のホームなんだよ」

雪《ゆき》にうもれたホームを三人《にん》で歩《ある》きながらぼくはひろみちゃんに言《い》う。

「じゃあ、下《くだ》り線《せん》のホームはどこにあるのですか？」

あゆみちゃんはキョロキョロと周囲《しゅうい》を見《み》まわす。でも、どこにも別《べつ》の線路《せんろ》は見《み》えない。

「土合駅《どあいえき》が『モグラ駅《えき》』って言《い》われるのは、下《くだ》り線《せん》のホームのせいなんだ」

「『下《くだ》り線《せん》のホーム～？』」

二人《ふたり》の頭《あたま》にはいくつもの「？」マークが浮《う》かんだ。

雪《ゆき》まみれのホームをザクザク歩《ある》いて、コンクリート製《せい》の山小屋《やまごや》のような駅舎《えきしゃ》へ入《はい》る。

うす暗《ぐら》い廊下《ろうか》には誰《だれ》もおらず、コツンコツンとぼくらの足音《あしおと》だけがひびく。

「なっ、なんか怖《こわ》くない？」

体《からだ》をビクッとさせたひろみちゃんは、あゆみちゃんと手《て》をつなぐ。

「おっ、お化《ば》け屋敷《やしき》みたいですね……」

「あゆみっ！　そんなこと言《い》わないでよっ！」

ひろみちゃんはブルッと体《からだ》をふるわせた。

廊下《ろうか》を歩《ある》いていくと左《ひだり》に改札口《かいさつぐち》があるけど、無人駅《むじんえき》なので駅員《えきいん》さんはいない。
だけど、一回《いっかい》改札口《かいさつぐち》から外《そと》へ出《で》て、オレンジの機械《きかい》から「乗車駅証明書《じょうしゃえきしょうめいしょ》」をもらう。
これは、帰《かえ》りに必要《ひつよう》になるからね。
バスの整理券《せいりけん》みたいなもので、これで土合《どあい》から乗《の》ったことを証明《しょうめい》するんだ。
通路《つうろ》は階段《かいだん》をのぼりおりしながら、どこまでも続《つづ》いているようだった。
改札口《かいさつぐち》から左《ひだり》に曲《ま》がって１００メートルくらい通路《つうろ》を進《すす》むと、川《かわ》の音《おと》が聞《き》こえてくる。
なんと、通路《つうろ》の一部《いちぶ》が川《かわ》の上《うえ》にかかってるんだ。
「どっ、どこまで行《い》くのよっ!?」
怖《こわ》がって口《くち》を真一文字《まいちもんじ》に結《むす》ぶひろみちゃんに、ぼくはきょとんとした顔《かお》をする。
「えっ？　だから、下《くだ》り線《せん》のホームへ向《む》かっているんだよ」
橋《はし》をわたり、目《め》の前《まえ》に広《ひろ》がった光景《こうけい》に、ぼくらは思《おも》わず大《おお》きな声《こえ》をあげた。

「「「なに、これ――――!?」」」

ぼくも含《ふく》めて、三人《にん》で声《こえ》を合《あ》わせて驚《おどろ》く。

その先《さき》には地下帝国《ちかていこく》へでも続《つづ》いているんじゃないかと思《おも》えるような、長《なが》い長《なが》い階段《かいだん》がえんえんと地下《ちか》へ向《む》かってのびている。

あまりの長《なが》さに先《さき》が見《み》えないくらいだった。

トンネルの壁《かべ》や天井《てんじょう》からは、水《みず》がしみだしていてピチョンピチョンと音《おと》をたてる。

「下《くだ》り線《せん》のホームは、この先《さき》

にあるんだよっ」

あゆみちゃんは驚《おどろ》いて思《おも》わず開《ひら》いた口《くち》に両手《りょうて》をあてた。

「まぁ、だからモグラ駅《えき》って言《い》っていたんですね……」

「よしっ！　探検《たんけん》に行《い》こう――!!」

ぼくはアニメの主人公《しゅじんこう》のように、右手《みぎて》をあげて階段《かいだん》を意気揚々《いきようよう》とおりはじめる。

「これはファンタジー世界《せかい》のダンジョンみたいですね」

ファンタジー好《ず》きのあゆみちゃんは、水《みず》のしたたる天井《てんじょう》を楽《たの》しそうに見《み》あげる。

「そっ、そう？　私《わたし》には呪《のろ》われたトンネルにしか見《み》えないけど……」

ビクビクしているひろみちゃんは、あゆみちゃんにくっついて歩《ある》いた。

「階段《かいだん》はいったい何段《なんだん》くらいあるのでしょうか？」

「462段《だん》ってホームページに書《か》いてあったよ」

ぼくはあゆみちゃんに答《こた》えた。

「すごぉ～い。そんなに深《ふか》いダンジョンが、家《いえ》の近《ちか》くに実在《じつざい》していたなんて……」

あゆみちゃんはメルヘンチックに目《め》をキラキラと輝《かがや》かせた。

「あゆみっ、ここはドラゴンの出《で》てくるダンジョンじゃなくて、単《たん》なる駅《えき》よっ」

「もう～ひろみちゃんはロマンチックじゃないですねぇ」

改札口《かいさつぐち》から10分《ぷん》ほど歩《ある》くと、一番下《いちばんした》にある下《くだ》りホームに着《つ》く。

土合《どあい》の下《くだ》りホームは、トンネルの中《なか》に造《つく》ったような駅《えき》だった。

トンネル内《ない》だからひんやりしているけど、風《かぜ》がなく気温《きおん》も外《そと》より高《たか》い。

ひろみちゃんは、ふぅと白《しろ》い息《いき》をはく。

「もう、モグラ駅《えき》はいいから、帰《かえ》りましょうよ。それで、次《つぎ》の電車《でんしゃ》は……」

小《こ》きざみに体《からだ》をふるわせるひろみちゃんにぼくは言《い》った。

「しばらくはムリだよ」

「むっ、ムリ!?」

ぼくはここへ来《く》ると決《き》めてから、かなり細《こま》かく時刻表《じこくひょう》を調《しら》べてきたんだもん。

「次《つぎ》の越後湯沢《えちごゆざわ》にもどる電車《でんしゃ》は、17時《じ》58分《ぷん》にしか来《こ》ないもん」

「えーーっ!?　２時間《じかん》もあるの〜？」

驚《おどろ》くひろみちゃんに、あゆみちゃんが言《い》った。

「こんなすてきな場所《ばしょ》に、あと２時間《じかん》しかいられないなんて……」

ひろみちゃんは「ええ？」と驚《おどろ》く。

「私《わたし》……ちょっと、鉄道《てつどう》が好《す》きになってきたかも……」

あゆみちゃんはクスクスと楽《たの》しそうに笑《わら》ってくれた。

「もう、わかったわよ」

ひろみちゃんはフッとほほえんだ。

「じゃあ、土合駅探検《どあいえきたんけん》ミッションスタートだーーー!!」
ぼくの声《こえ》は土合駅《どあいえき》の壁《かべ》に反射《はんしゃ》して、何度《なんど》もひびいた。

（おしまい）

# あとがき

作者《さくしゃ》の豊田巧《とよだたくみ》です。今回《こんかい》は雄太《ゆうた》ではなく翼《つばさ》が主人公《しゅじんこう》でしたが、どうでしたか？ 今回《こんかい》のお話《はなし》は小学生向《しょうがくせいむ》け鉄道情報誌《てつどうじょうほうし》『鉄《てつ》おも！』に連載《れんさい》していた内容《ないよう》を、文庫本発売《ぶんこぼんはつばい》に合《あ》わせてたくさん書《か》き加《くわ》えて作《つく》り直《なお》したものなんです。『鉄《てつ》おも！』は鉄道最新情報《てつどうさいしんじょうほう》を小学生《しょうがくせい》にもわかるように、やさしく説明《せつめい》してくれる雑誌《ざっし》だから、「電車《でんしゃ》のことに、もっとくわしくなりたいぞ！」ってみんなは、本屋《ほんや》さんで毎月《まいつき》チェックしてくださいね。

さて、みんなは冬休《ふゆやす》みにはなにか電車《でんしゃ》に乗《の》ったかな？ 春休《はるやす》みは新幹線《しんかんせん》に乗《の》ってどこかへ行《い》く予定《よてい》ですか？ 僕《ぼく》は北陸新幹線《ほくりくしんかんせん》の開通《かいつう》した富山《とやま》、石川《いしかわ》の電車《でんしゃ》をよく乗《の》りに行《い》きます。冬《ふゆ》は寒《さむ》いけど……雪《ゆき》の中《なか》にすぅぅと伸《の》びる二本《ほん》の銀《ぎん》レールを見《み》ると僕《ぼく》はドキドキするから、この季節《きせつ》に雪《ゆき》の多《おお》い地方《ちほう》へよく出《で》かけていきます。

そして、今年《ことし》はみんなと約束《やくそく》した１００巻《かん》の四分《ぶん》の一！！ 25巻《かん》を突破《とっぱ》しますからね！

引《ひ》き続《つづ》き、『電車《でんしゃ》で行《い》こう！』を応援《おうえん》してね！

集英社みらい文庫

# 電車《でんしゃ》で行《い》こう！

## スペシャル版《ばん》!!　つばさ事件簿《じけんぼ》
## ～120円《えん》で新幹線《しんかんせん》に乗《の》れる!?～

豊田《とよだ》 巧《たくみ》　作
裕龍《ゆうりゅう》ながれ　絵

ファンレターのあて先
〒101-8050　東京都千代田区一ツ橋2-5-10　集英社みらい文庫編集部
いただいたお便りは編集部から先生におわたしいたします。

2017年1月31日　第1刷発行

発行者　北畠輝幸
発行所　株式会社 集英社
〒101-8050　東京都千代田区一ツ橋2-5-10
電話　編集部 03-3230-6246
読者係 03-3230-6080
販売部 03-3230-6393（書店専用）
http://miraibunko.jp
装丁　高橋俊之（ragtime）　中島由佳理
写真協力　レイルウェイズ グラフィック（RGG）／カバー、P170
鉄おも！編集部
印刷　凸版印刷株式会社
製本　凸版印刷株式会社

★この作品はフィクションです。実在の人物・団体・事件などにはいっさい関係ありません。

ISBN978-4-08-321354-0　C8293　N.D.C.913　189P　18cm



※作品中の鉄道および電車の情報は2016年12月のものを参考にしています。

# 「みらい文庫《ぶんこ》」読者《どくしゃ》のみなさんへ

言葉《ことば》を学《まな》ぶ、感性《かんせい》を磨《みが》く、創造力《そうぞうりょく》を育《はぐく》む……、読書《どくしょ》は「人間力《にんげんりょく》」を高《たか》めるために欠《か》かせません。たった一枚《いちまい》のページをめくる向《む》こう側《がわ》に、未知《みち》の世界《せかい》、ドキドキのみらいが無限《むげん》に広《ひろ》がっている。これこそが「本《ほん》」だけが持《も》っているパワーです。

学校《がっこう》の朝《あさ》の読書《どくしょ》に、休《やす》み時間《じかん》に、放課後《ほうかご》に……。いつでも、どこでも、すぐに続《つづ》きを読《よ》みたくなるような、魅力《みりょく》に溢《あふ》れる本《ほん》をたくさん揃《そろ》えていきたい。読書《どくしょ》がくれる、心《こころ》がきらきらしたり胸《むね》がきゅんとする瞬間《しゅんかん》を体験《たいけん》してほしい、楽《たの》しんでほしい。みらいの日本《にほん》、そして世界《せかい》を担《にな》うみなさんが、やがて大人《おとな》になった時《とき》、「読書《どくしょ》の魅力《みりょく》を初《はじ》めて知《し》った本《ほん》」「自分《じぶん》のおこづかいで初《はじ》めて買《か》った一冊《いっさつ》」と思《おも》い出《だ》してくれるような作品《さくひん》を一所懸命《いっしょけんめい》、大切《たいせつ》に創《つく》っていきたい。

そんないっぱいの想《おも》いを込《こ》めながら、作家《さっか》の先生方《せんせいがた》と一緒《いっしょ》に、私《わたし》たちは素敵《すてき》な本作《ほんづく》りを続《つづ》けていきます。「みらい文庫《ぶんこ》」は、無限《むげん》の宇宙《うちゅう》に浮《う》かぶ星《ほし》のように、夢《ゆめ》をたたえ輝《かがや》きながら、次々《つぎつぎ》と新《あたら》しく生《う》まれ続《つづ》けます。

本《ほん》を持《も》つ、その手《て》の中《なか》に、ドキドキするみらい――。

本《ほん》の宇宙《うちゅう》から、自分《じぶん》だけの健《すこ》やかな空想力《くうそうりょく》を育《そだ》て、〝みらいの星《ほし》〟をたくさん見《み》つけてください。そして、大切《たいせつ》なこと、大切《たいせつ》な人《ひと》をきちんと守《まも》る、強《つよ》くて、やさしい大人《おとな》になってくれることを心《こころ》から願《ねが》っています。

2011年《ねん》　春《はる》

集英社《しゅうえいしゃ》みらい文庫《ぶんこ》編集部《へんしゅうぶ》